ZUI
Zestful Unique Ideal

AN
ANTHONY
WORK
since . 2007 . may

最世文化
Shanghai ZUI co.,Ltd

橙

陪安东尼度过漫长岁月 II

安东尼 著

【典藏版】

湖南文艺出版社　博集天卷

送给妈妈

亲爱的妈妈 有次你说 你后悔把我送出国 觉得错过了我人生中的几年
现在我把它们变成文字送给你

"You can swap, barter, trade, op-shop and garage sale those memories on your way through the time you read this journal, as long as nothing brand new enters your world."

—— from Anthony

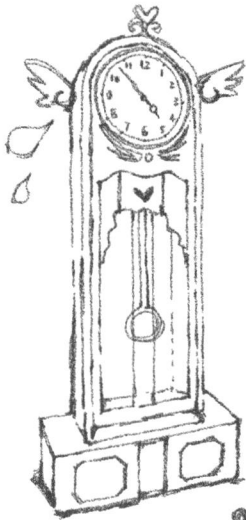

An Anthony
Work   2010
Since 2007.may

a journey through time, with anthony

官邸 二楼 绢花

车站 花 你好么

院子 新楼 旧楼

学生宿舍 雨后 彩虹

窗外 停车场 袋鼠出没的草原

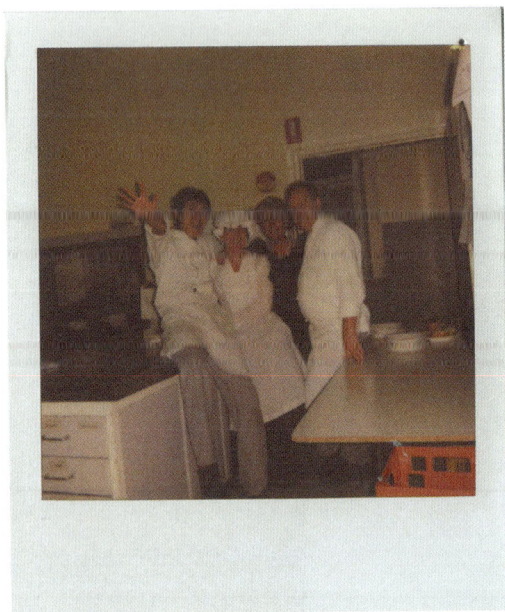

新狄 老板娘 淘尼

girls 苏州河 榻榻米

下班 半夜 adore

内森 黄金海岸 文身

echo 小朋友们 ciao

圣诞 电影 Myer

真好 走路 那那

Vline 老式 乘客

浴室 天井 夏天

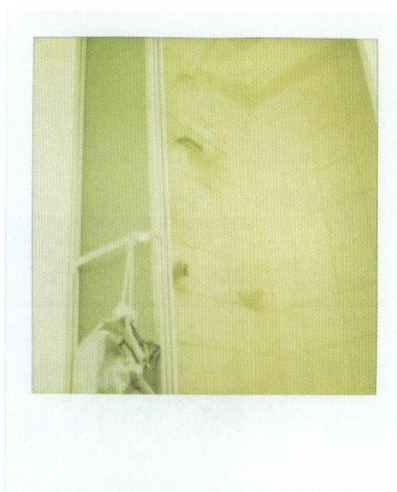

滴答 雨天 热

从国内带来的拖鞋 赤脚 where

吊床 走廊 我

官邸 冬天 晚宴

京都 摩天轮 友达

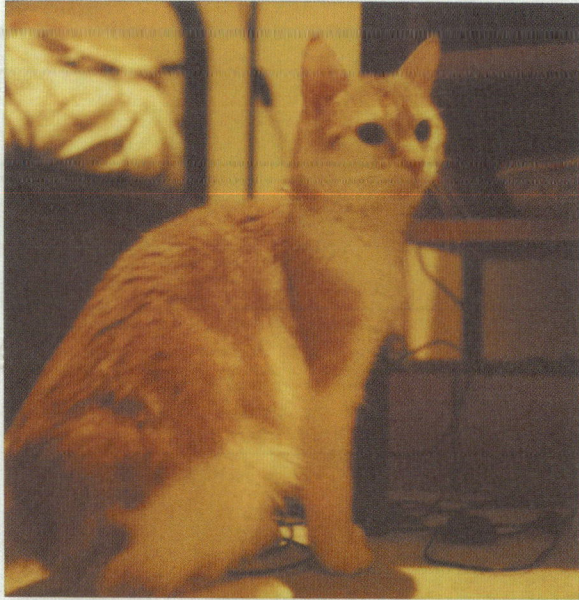

MEL . MEL . CAT .
ANTHONY☆ CAT.   20.10.06
MEL . MEL . MEL . MEL.

单人床 猫 二手桌

2007/10/2 『开满花的树』

最近又开始看《星光大道》

林宥嘉的 O 形嘴 和 blingbling 的小屁股 迷到不行 每天蹲 YouTube 好几个小时 看他唱歌

觉得他是很会唱歌的人 很多人都在唱歌 真正会唱的人不多

当然 也看别的几个 真的是不错的节目 然后 最近也经常在房间里小声唱歌《那些日子》《阴天》《如果这都不算爱》

爱慕软还在教我开车 一月份的时候我就可以参加考试了 不过因为现在我拿到了 L 牌 所以只要他坐在副驾驶我就可以合法开车

这几天 车似乎出现了问题 每次 开出 一公里以后 温度就高达九十多度爱慕软说 应该拿去修理厂检查一下 这样下去不行

我说 等拿到下周的工资再说吧 现在没有那么多钱 反正最近我们就只在家门口开

Sali 生日 我们准备去郊区 看荷兰花展 因为爱慕软和我收拾东西太慢了 我们错过了 火车 在火车站 查时刻表 下一辆 Vline 要等一个小时 如果再加上换乘 我们估计要很晚才能到那里

Sali 爱慕软 Kidman 我 我们四个站在站台上 不知道要怎么办

后来我说 干脆开车去 2 区的 Watergarden 车站吧 那里每十五分钟都会有车

爱慕软问 要开大概八公里 车子可以么 我说 但愿没有问题 也没有别的办法了 谁叫我们晚了

然后我们四个就上了车 爱慕软开车 果然 不到两公里的时候 车子的温度表就 打到了头 我们勉强地 开到了 Watergarden

去看 郁金香展览 泰斯勒农场（Tesselaar Farm） 主人泰斯勒是荷兰移民 第一代主人夫妇 在"二战"爆发前夕移民澳大利亚 并种植从欧洲带来的郁金香水仙等 各色花卉

1954 年庄园正式向公众开放 一年一度的泰斯勒郁金香节也由此诞生

参观者需要交小额的入场费 而这些收入 全部捐赠红十字协会

至今 泰斯勒郁金香节已经将超过十万澳元的入场费捐赠给红十字协会和其他慈善机构

来到农场 就能看到一棵大概高二十米的大树

上面是 一坨一坨粉色的花 在茂盛地开着

我想 将来如果 有天 尝试写小说 会写一个男生 他总是和 开满花的树合照 他不笑 也不悲伤 他只是笔挺地站在那里

农场里 有一望无际的郁金香田 每种颜色不同的郁金香 有序地排列 延展 好像地上的彩虹 远处的高大别墅 应该是农场主的住处

Sali 让我给她照相 我说 你从另外一头往这边跑 要轻盈地 面带笑容地 快乐地 然后她就真的做了 结果照出来有点儿蠢 她命令我 都删掉 然后 给她老老实实地 摆拍几个

Sali 和 Kidman 都是香港人 我一直觉得香港人的 外语 没有他们自己想象的那么好 她们很热情

在农场的商店里 给 Sali 买了 搪瓷的荷兰鞋子 当礼物 大概下午四点的时候 我们开始回家

在 city 简单地吃了点儿东西 到车站的时候 天已经暗下来了

我们上车 结果车子没开出多远就开始冒烟 只好把车停到一边 我从后兜里拿出装水的可乐瓶子 打开车前盖 往里面倒水 水箱里的水已经满了 再

启动 没开出去多远 车子的温度又高达九十多度

大概开到 距离家三分之二的距离的时候 车子垮了 在限速一百公里每小时的公路上 爱慕软打开 警示灯 小心翼翼地把车子滑到路旁

我们打开车前盖 帮助发动机散热 四个人站在一旁不知道该怎么办 这时候有车子在一旁快速地行驶过去 有的鸣笛 有的传出嘲笑的声音 爱慕软竖起中指对他们叫号 screw you！过了二十分钟 我们又上车

当时 我们几个又冷又饿 我和爱慕软说 不用管车了 只要我们能到家你怎么开都行 爱慕软说 我爱你这种态度 我们几个胆战心惊地又上了车 提心吊胆地坐着 最后 在距离学生公寓大概一公里的树林边 车子终于停火 再也打不着了

爱慕软把车钥匙拔下来 说明天叫拖车来吧 现在我们什么都 做不了 当时我没怎么太担心车子 只是开心 最后终于到家了 回去以后睡得很好

2007/10/3 『汽车修理厂主叫 Paul』

第二天 上班的时候 路过车子 它还停在马路边 我从自行车上下来 打开车门 插入钥匙尝试启动 还是不好用 于是我就 拿出纸笔 用英文写上 "汽车已坏 马上会有人把它拖走"并留下了 我的联系电话

我骑车下山 到汽车修理厂 解释了大概状况 告诉他们车子现在大概的位置 然后把钥匙留给了他们就去上班了

晚上下班回来的时候 车子已经不见了

2007/10/5 『red rose & chili peppers』

上午的时候 Paul 给我打电话 他说 Anthony 你好么 有空的话 来修理厂

一下 关于修车的事 他要和我谈

　　大概下午三点的时候 我骑车下山 Paul 把我带到车前 把前盖掀开给我看 发动机都是黑色的 他说 你看 整个发动机都烧坏了 他说 汽车温度讨高 主要是因为 冷却设备坏掉了 如果你早点儿过来的话 大概 300 澳币就够了（约 1800 元人民币） 不过 现在要修的话 至少要 2000 澳币 具体的数字得等到 检修处理以后才能知道 你愿意修么 我觉得 自己别无选择 就告诉 Paul 说 修吧

　　他看出我有点儿为难 说 这样吧 我看看 不修不行的地方就修理 可修可不修的地方 就先留着 以后你一点点 慢慢修理

　　我说 好 谢谢

2007/11/3 『我们一路 都忘了哭』
不开心 学生村的同学 几乎都走光了 停车场 也只剩下 我一个人的车
车刚刚修好 花了一万多

　　爱慕软在 city 找了一份卖运动鞋的工作 于是 搬家去了离 city 近的学生公寓
　　开始的时候 把车子留在车库 老老实实地 骑车上班 过了两天 就懒了 于是 明明知道 光是 L 牌的话 自己开车 被警察抓住 会吊销驾照的 还是 斗胆自己开车

　　第一次 自己开车超紧张 精神高度集中 其实 经过和爱慕软 一个月的锻炼 加上 在 肖恩那里的驾驶课 我的车技已经可以了 但是 我心理素质不行

每次开车 路上没什么人还好

可是如果 我后面出现了一辆车 或者 红绿灯的时候 我是第一个 我就有点儿慌 着急踩油门

不过 自己开车 一周以后 就不太紧张了 虽然 有的时候还是 开着开着忘记了速度 一看表 在限速 50 的地方 开到了 80

还有的时候 停车 怎么也停不对 不是太靠左 就是太靠右 或者就是 不够靠前

开车 上班 下班 挺惬意的

回到家里以后 就很容易 不开心

不是我多愁善感 真正的寂寞是很真实的

有的时候 我会觉得 只要我朋友 或者 我喜欢的人在我身边

再多的作业我也不怕 天天打工我也不怕

听 梦一场——让你在没有我的地方坚强 让我在没有你的地方疗伤

晚上八点的时候 外面还是亮着的

因为 停车的地方离我的窗户很近 刚买车时 我半夜 在房间用电子钥匙竟然能给它打开 锁上

后来 到了半夜 总是觉得不放心 然后穿上衣服 下楼 拉拉车门 看看锁上了没

下个月交 《陪安东尼度过漫长岁月》的 书稿

2007/11/27 『满是烟灰的 辣椒树花盆』

我才发现 原来 pola 相片底下留白这么多 今天在房间内 照了很多 宝利来照片 感觉大同小异 但是 乐此不疲

觉得 自己写字难看 所以 都不在 pola 相片上写东西的

pola 照片上 如果不写点儿什么 总觉得 很遗憾

pola 照片上 如果 没写点儿什么 就觉得 以后总有机会写上更适合的

写稿子写得头痛

现在 看到 word 软件 就想 呕 所以买了个打印机回来 在纸上改

我很热……

2007/12/3 『深眼眶 真吸引人』

最近在 进行 文字的 整理 和添加

Hall 里 为了新学期开学 开始进行彻底清洁 关了厨房 所以 我都不吃饭 只喝牛奶

然后 又有很多工作 昨天工作 13 个小时 切 cheese 的时候 觉得 自己要晕倒了 站都站不稳 有的时候会认真地看看地板 想等下按什么姿势倒

后来 觉得 实在不行了 和老板娘说 我要饿死了

老板娘给我炸了薯条吃 吃的时候 有前所未有的饱足感

换了 Jack Johnson 的音乐 他是目前所有歌手里我最爱的 tone 有次出去旅行一周 没带 MP3 结果 中途很想念他的声音

回家以后 书包还在肩上 就打开电脑 赶快放他的歌曲 好像烟瘾很大的人

似乎 他要来澳洲开演唱会 只要我有时间 就算是悉尼 我也要飞去

在看 *Sex and the City*

我觉得 这四个女的我都很喜欢 最喜欢的 应该是律师女 和 pr 女 尽管 我觉得 我最像 专栏女

很多时候 我觉得 人对自己的定义都很不准确

比如 律师女 觉得 最知道自己要什么 最强硬 有很多 rules 不容易妥协 但是 其实她为了爱情 付出了最多 结婚 搬家去布鲁克林 生孩子

比如 看似乱搞的 pr 女 和那个后来当了演员的服务生 好了以后 就是 真的 忠贞不贰 直到后来电影里 和他分手前 都没有外遇

明天是 deadline 过了明天 我就彻底解放了 写了七万多字以后 觉得 自己有点儿不同了 是成熟了么 不过 会觉得身体被抽空了

接下来 想读几本书 什么书都可以 要充电下

现在 开始热起来 学生村也没多少人 有的时候 我一天洗 三四次澡 公共浴室的墙壁镶嵌着 黑色和大红色的瓷砖 有哥特式的美感

2007/12/11 『有的时候 他看着你 你就会忽然知道 他不再爱你了』

火车站旁 一夜大雨过后 散落一地的 美丽的 开得恬不知耻的大花

学生公寓 下午三点十分的 寂寞天井

有很多很多很多树的山 树又长得不独特 觉得一再重复

海水 不断拍打堤岸 有哗啦啦的声响

躺在床上 玩手指

咬字 清楚的《新闻联播》播音

有一天 我会忘记你 我没有很期待 也没有觉得失落

我只是 知道 有那么一天

书 可能下个月出版

山上 没人……都回家过圣诞了 连给我做了两天饭的 泰国博士生艾达
也去了 阿德莱德

我一个人 拥有 整个 hall 整个山头 无所事事
蹲在电脑前 上网 抠耳朵 剪指甲 浑身臭臭的 觉得
然后 十点的时候 决定睡觉 下午 两点起来 在被窝里放屁 被窝臭臭的
想以后 和老婆分开睡 房间 弄得像标准间 那样得了
圣诞节 很讨厌——我 火鸡 绿色精灵 要打败你

洗澡 去

2007/12/22 『我有个朋友说 看悲剧比喜剧更让他开心』
圣诞节 我们 mansion 接受了 110 个 预订 因为是 圣诞 我们推出了 特别
的菜单 一般来说 我们的菜单就是 四道菜

不过圣诞这天 客人享受 full menu 定价也提高到 每人 1300 元左右人民
币 菜单和流程 大概是这样的：

客人一进来 就有 香槟 红白葡萄酒＋鸡尾酒小食 finger food
客人就座 自制面包 星牌黄油 ＋自家烘焙椒盐饼干 鹅肝酱
烟熏口味澳洲小羊排 奶油青豆扇贝丁 羊奶 cheese 番茄 tart
柠檬意式沙冰 薄荷叶尖
祝酒词 开礼物
主菜 火鸡 火腿 牛眼肉
甜点 圣诞布丁 卡斯特蛋奶酱
餐后 巧克力 草莓 热情果蛋糕 cheese 拼盘

看到这个 running sheet 我就要 尿了 厨房里就我和淘尼两个厨师 尽管老板娘玛格丽特会找两个厨房帮工 但是 是 110 人啊 而且圣诞午餐是不能出一点儿差错的

用老板娘的话说 明年的生意怎样 就看这一天的表现了 因为我们几乎每顿圣诞午餐都会拿到明年的 至少十个订单

2007/12/25 『圣诞快乐 劳伦斯先生 』

我和淘尼 20 号开始开会 研究菜谱 烹饪的顺序 如何装盘 分配工作 订材料

21 号 22 号 材料陆陆续续来齐了 开始归类摆放

23 号 熬制牛骨汤酱 南瓜 胡萝卜 土豆去皮

24 号 把肉腌好 甜点的材料称好归类 小羊排煎好 火腿切片 各种 cheese 切好 淘尼说因为 25 号会很累 所以 24 号不能工作到太晚 我们下午两点就结束了 淘尼说明天早上别骑自行车来上班了 怪累的 说来接我

25 号早上 五点 我准时出门 淘尼在大院门口等我 我上车以后他问我睡得怎么样 我说不错 他说今天干活麻利点儿 到了厨房 看到我的工作区有一个盒子 上面有卡片 老板娘在上面写着 亲爱的 圣诞快乐 里面是一瓶红酒 penfolds bin389 这时候淘尼也从包里拿出来一个包装好的礼物 我很开心 说谢谢 打开一看 是一本法式烹饪的字典 把礼物收了起来 泡了两杯英式早茶我们就开工了 洗碗阿姨的姑娘 老板娘的儿子 斯帝汶和他女友都来帮忙 每个来工作的人早上都进来抱抱说圣诞快乐 经理新狄别了一个 I am a giver 的徽章 她进来给我们每个人发了一个红色的圣诞帽子

今天很顺利 客人都非常满意 有几个来厨房向淘尼致敬 他很开心 淘尼的老婆和两个小孩也来了 甜点以后 淘尼和我说 他出去和家里人一起吃饭让我简单收拾一下也出去 我开始把锅 烤箱 托盘 还有菜板 送去洗 这时候

老板娘进来 她说 你怎么还在这里 赶快把衣服换掉出来喝点儿酒 我坐在大厅里 周围都是老外 很多喝醉了 笑声聊天声尖叫声 老板娘问我 圣诞新年准备怎么过 我说 我有个朋友在 port fairy 的海滩那里开了一个 中国饭店 我会去那里住两周 过新年

2007/12/28 『沿途风光有多美 不如在你身边徘徊』
　　坐 Vline 去 port fairy 大概四个小时的车程 因为是节假日的关系 人们都已经在家里团聚了 所以火车上没有什么人

　　旅行中 发现 过度曝光的夏天
　　想起来 一些 之前发生的 微不足道的事
　　傍晚的时候到那里 因为放假的关系 没有去 port fairy 的 bus 只好叫了出租车
　　在 有小咖啡店 的路口 吃着 homemade 牛肉圆葱 pie 的时候 想到 你曾经给我看的图画 那只兔子 仰望着 满是阳光的树 新年快乐 你这样说

　　我想知道 它是不是 会出现在之后 我的每次旅行里

　　最近 想要买的 Wii /Tom ford 墨镜 /Jack Johnson 演唱会门票 / 催眠类的书籍 / 黄色 PSP/ 铁三角 入耳耳机 ck9/ 樱树 w1000

2008/1/1 『第一天』
　　连续几天 41 度 热得我有点儿 目光呆滞 去海边冲浪的计划 由于拉肚子和没有找到同伴 而变成了 看美少年冲浪和站在海里被浪冲

夏天 就很容易 流鼻血和拉肚子 折腾到现在 我已经能 用颗平常心 对待这个问题 面无表情地跑厕所 从容不迫地卷厕纸

自从 完成《陪1》的书稿 又觉得 一个字都写不出来了 就连 看新年烟火时候的感动心情 心里都暗暗想着 "记住这感觉 回去写稿子"这样 也在杂志上 拖稿两次了

下午的时候坐在 YHA 的院子里 阳光透过藤蔓植物 在地上投下斑驳的光影 戴上耳机看书 进入到文字里 很容易就忘记自己在哪里

有的时候 戴上墨镜穿着拖鞋去海边 海边的沙子像面粉一样细腻 光着脚在上面跑 海里偶尔有当地人在冲浪游泳 风很大 有的时候把细沙吹起来睁不开眼睛 和朋友沿着沙滩走 彼此都没有说话 不过觉得很舒服

2008/1/10 『我们现在 远距离地恋爱……』
学生公寓的学生 三三两两地回来了 来了几个中国的学生
最近 和沈阳来学习会计的 小野小朋友 买了个 Xbox360 我们玩 Halo 3 光环 小朋友 很有意思 会问 咱俩 干游戏啊
玩了一上午 我说要上去做饭 他说好 等吃完了 咱俩再 干 然后我就笑了 说 好

2008/1/15 『好了』
好了
现在 我没有什么 秘密 可以告诉你了
嗯

2008/1/17 『推荐 大家用牙线 会让牙龈更健康 』
这学期 读两个学位 还要应付 两份工作 觉得分身乏术 自从开学以后 心情就一直 不怎么好

周末在 Manoion 打工 厨师淘尼 让我早上七点开始上班 因为知道 周六 周日要全天工作 所以周五晚上 放学以后 就赶快回家赶论文 写到估计两点 多才睡觉
结果 早上 上班的时候晚了半小时 被厨师说了一顿
晚上是一个一百多人的婚礼宴会 厨房里只有我和淘尼两个厨师 外加 两个意大利的洗碗的阿姨

我和淘尼从早上 一直工作到下午五点 两个人都没有休息 也没吃午饭 五点半开始 上 finger food

淘尼对我说 这个要怎么样 那个要怎么样
不过 因为饿得不爽 那些英文 根本不往耳朵里进 做错了很多事 又被厨 师骂了

被厨师骂 没有什么 关键是 厨师当着那么多美少女服务员和经理的面 骂我 我觉得很没有 face 心里很难受 但又不能表现出来 不想 让别人觉得 这个中国男生 怎么这么 weak
一直到下班 客人们对我们做的吃的都很满意 在前厅 伴着小提琴 开始 跳起舞来
经理问我 你还好吧 她要给我做杯饮料 我说 我很好 不用 谢谢
老板娘 过来和我说 厨师脾气不好 他工作压力大 不管他说你什么 都别 往 心里去
我说 嗯 我知道 是我不好

晚上十一点多下班 穿过满是露水的草坪 来到车里 心底巨大的压迫感 难以言喻 这些日子来的压力一起涌上心头 伏在方向盘上 发出哭的声音 没有泪水流出来

开车回家后 觉得自己需要根烟 来 衬托我此时的沧桑
爸爸来墨尔本的时候 留了半盒烟 我抽了一根出来 拿着打火机去天台

反复点了几次才点着 觉得味道怪怪的 然后又狠狠地吸了一下 烟竟然灭了 我仔细一看 靠 原来刚才点的是烟屁股
因为烟头 湿了 烟屁股烧焦 掐头去尾 没剩多少 吸了几下怕烫到手 就把烟扔了 还弄了满嘴烟丝

嘲笑了下自己 然后回去睡觉

2008/1/18 『在家待了一天 什么都没干 但是觉得很累』
我觉得 李安 很好
他的电影 都没有 大张旗鼓地 谈论爱情 可是 就是觉得是很好的言情电影

《断背山》里面 那个澳籍男演员前几天死了 我和小茧在网上谈论《断背山》
我问 小茧 《卧虎藏龙》和《断背山》 你觉得哪个更言情
小茧 反问 你不知道我如此爱你 和 我不知道我如此爱你 你觉得哪个更言情

2008/1/20 『经常被 金牛座吸引』

终于 开学了 最近疯狂地 打工 欧文同学比我还猛 打工打得连胃酸都吐出来了

我比他强点儿 但是 也会觉得 站不稳 而且 晚上三点多 还出了鼻血 在 mansion 工作 蹲下去数盘子的时候 都不想站起来 还好 我和欧文同学的疯狂打工 随着开学的到来 都要结束了

今天去 mansion 领工资

老板娘玛格丽特问 你要在澳洲待多久 你将来要干吗 你就一直在这里当厨师吧

我说 我也不知道 不过大学 酒店管理 还有两年毕业

她说 昨天晚上 她忽然想起来 和我签合同 让我 full time 这样工资更多还能申请绿卡

我说 我现在拿的学生签证 不可以全职工作 觉得 老板娘真好

保龄球馆的工作 琳和开私诶 听说 我开学以后周一到周五都要上课 不能工作 bingo 了 琳说 宝贝 没有了你 我们怎么办啊

开私诶说 那么把 bingo 弄到周末吧

后来我想了一下 mansion 这边老板娘会给我更多的工作 加上这学期的任务很多 很多论文要写 我就去和大厨李说 我要辞去保龄球馆的工作 可能寒假再回来

保龄球馆 和我一起工作的阿姨 都对我很好 动不动 就给我弄个三明治啊 beef pie 啊吃 每天剩下的蛋糕 也用饭盒装起来 给我带回家 他们说我只身一人在这边生活很辛苦

走的时候 和她们分别拥抱了下 照了一个宝利来纪念

尽管这份工作 工资很高 一起工作的人也不错 可是 如果 只能做一份工

的话 还是要去 mansion

因为 做的是 真正的高档西餐 而且 厨师淘尼也教我真东西

在保龄球馆 大厨李 几乎把后厨交给我掌管 除了和 欧巴桑一起练口语 学不到什么烹饪 技巧

我们公寓门口的风信子开了 开始 计划 复活节 旅行

2008/1/25 『你可不可以陪我一下』
我讨厌你 这样 肆意地充斥着我 一个个的 夏天

最近 要安排新的工作时间 换墨盒 办理日本签证 订机票
天气很热 我终于吃到了 红烧肉

小红红给我发了一个 100 题的问答
28 题 如果只剩下一天的生命会做些什么？爱
34 题 如果你有 1000 万 你怎么用？省着用

二月去日本 有些话如果现在不说 以后就再也不会说了

2008/2/6 『低落的时候 我就想想 《2012》 然后就好多了』
你说 来陪我好么
你说 每天都要想我哦
你说 我愿意为你做一切事
你说 我来照顾你吧

你说 让我一个人静一静
你说 还是把我忘了吧
你说 你就不能为我考虑 考虑么
你说 祝你好运

我应该说 "行" "嗯" "好吧"
还是应该像现在这样 默默地看着你还要说些什么

2008/2/10 『别再说是 谁的错』
我一次次地 去找你

小学的时候 我们是邻居 一起上学 放学 像极了 这几年 通信业的新名
词 绑定
周四早上 上 英语课的时候 那个 很凶的大脸老师教了一个 单词 twins
我觉得 是在说 我们

初中的时候 我们一个学校 不在一个班级
下课的 时候 我穿过 二楼走廊去找你 走廊里 有互相追打的男生 有
三三两两的女生 不知道 在说什么 有长得就很寂寞的人 一个人 站在窗前
向外望 有的时候 打闹的人 撞到我身上
我和你们班的女生说 我找你 她们就进去报信
不知道 她们 为什么 笑得那么开心

高中 我去了郊区的重点高 你到了我们学区的普通高中
我的学习 一下子 紧张起来 开始住校 要两三个月 才能 回家一次
回家的话 要坐快客 和很多到城市里务工的农民 回家探亲的工人一起

大客 在高速公路上 快速行驶 我觉得困 MP3 也听不进去 大客 在服务站 停下来后 我下车上厕所 放松腿脚 呼吸新鲜空气

客车 到达大连的时候 是 放学时间 我提着书包和行李 去学校 找你

开始 进入冬天 呼吸的时候 能看到白雾 我和 学校门口 做烤地瓜的大爷聊天

晚自习结束的铃声 响起来 学生 陆陆续续地出来 烤地瓜的大爷 热情地招呼学生 我在寻找 你的身影 你和女生一起出来 我们 在某一刻 一下子 都看到了 彼此

你回来了 你问

嗯 我回来了 我说

大学的时候 我们失去了 联系 我去了沈阳 那里有很多人 骑自行车 上下班时间 自行车流 如洪水一般 因为不爱坐长途火车 我都很少回家 或者说 因为怄气 我都没有经常找你

在你出国之前 我赶夜车回去见你 冬天时候的沈阳冷得很认真 晚上十一点多 在候车室等着 棉鞋里的袜子已经湿透 把衣服裹得更紧些 疲倦地用手搓脸 半夜 长春来的火车拖着疲倦的身子驶进站台 那声音听起来很不情愿

来到车上也没有睡意 往窗外看 有零星的灯火 也有比夜还要黑的山

我在想 这次与你一别 还要什么时候能见面

现在 我去找你 需要离开地面

如此厚重的铁皮 加上宽大的夸张的机翼 它们带着我 穿越了赤道和时区 不同的海洋与国度 这感觉多少让我觉得 不可思议

十多个小时的飞行 我很少睡觉

有的时候 云的形状很好 有的时候在云里穿梭 看不到外面的景象

有的时候 飞机突然颠簸 我都会幻想是空难发生 想象着空姐匆忙地坐

回座位系好安全带 然后飞机发出巨大的撕裂的响声 然后 上面应该掉下来氧气面罩 我会赶快拿起纸笔 写上

某某年某某月某某日 我在去找你的路上

然后匆忙地 把它塞到上衣口袋

感觉上 似乎是电影 或者 二流小说的结局

空难始终没有发生 这样 连续经历 大气中 十个小时 高低起伏的飞行 我又找到了你

嗯 我想说 其实 我很喜欢 每一次 去找你的时候的 自己

2008/3/20 『love makes me strong』

泡菜国的飞机外面喷涂成 蒂凡尼的颜色 飞机餐非常好吃 要降落时 下面轱辘伸出来的刹那发出 剧烈的断裂声音

正在担心是不是飞机出了问题的时候 已经着陆了 橙子来机场接我 老远我就认出了她 我们坐酒店的机场 bus 去 Hotel 已经是晚上了 开始下起小雨 隐约能看到高速公路两旁绵延的山峰

Check in 以后大概是晚上七点了 我和橙子决定去吃韩国烤肉 然后坐车去首尔看一看 所谓正宗的韩国烤肉没有我想象的那么好吃 让我吃惊的是连辣白菜也能烤

我们在火车站 火车停下来 从里面出来的女生基本上是一个模子刻出来的 圆脸和单眼皮 橙子告诉我说 在韩国 女生十八岁的时候家里就会给她一笔钱让她去整形

我们来到首尔 大概晚上十点多 地铁站上楼的电梯有卖玉米（好像是）的阿姨 橙子告诉我说 地铁站旁边本来有个寺庙 不过前一阵子被人烧了 所以不能去了 后来我们就去了东大门附近一个商场

我很惊讶 在韩国 商场晚上也不关门

商场里在卖一些 衣服 配件 箱包这样的小东西 价格也不太贵 我和橙子随便逛逛 没有看到什么特别想买的东西 这时候 有个男摊主 笑着很大声地对我们说话 我以为他在用韩语和我聊天 我就和他说 hello 橙子拽住我往前走 我说怎么了 橙子说 他在用韩国话骂我们 当时我就想 哪个国家都有这种烂人

晚上和橙子 还有她的两个朋友一起吃饭喝酒 听他们讲一些在韩国的见闻 觉得很有趣 同时也深深体会到不论在哪里的留学生 生活都很辛苦 吃完饭 我说橙子饭钱你来拿 吃完饭以后已经没有地铁了只好打车回去 沿线穿过城市 明亮的高速公路 时不时地能看到远处矗立的 各式各样教堂的十字架

在机场换了钱给橙子 她死活不要 最后还是硬塞给她

上了去日本的飞机 心情一下子好了起来

2008/3/22 『shine for you』

飞机快要降落的时候 再次出现了那种断裂的声音 但是这次让我紧张的不是这个 而是感觉飞机要飞到海里了……

抵达 大阪 换了白色短袖 在整洁的机场大厅等你

这一次的出逃 是藏在我心底的一个 秘密

心里有 艾米丽那样的坏笑 有飞机降落时候的激动 有泡饭 有西式早餐有想要哭泣的小萝莉

也有 一心想要 好好爱的金刚

在机场 用笔记本上网 不可思议 这种感觉 随着越来越多人 说着 买到书了 而变得更加真实

……从某种 程度 极大满足了 虚荣心

但是 分享 并不是 一件 让人觉得快乐的事 原来

2008/3/28 『 why do you wanna see me? 』

从日本 旅行回来 秉持一贯的花钱作风 两张卡都爆了 最后在日本机场买 2000 元的烟都买不了 凑了全身上下的钱 给老板买了条烟 拿着几百日元的硬币 我回澳洲啦

这次去日本 带的 小野同学的单反 尽管我把单反当卡片用 不过效果还是不错

在日本时 拿到了《陪安东尼度过漫长岁月》的书 第一印象一般 晚上放到枕头边上睡觉 第二天起来 拿着开始读 没什么感觉 只觉得纸张有些粗糙

回 墨尔本 以后 因为书卖得很好 已经准备再版了 所以开始挑一些错字做一些更改 每天在火车上读 做一些笔记 然后觉得 有些地方写得真不错……>＜

而且 实践证明 真的是 一本 很适合在厕所里读的书

最近 和小野 看完了《24 小时》的 全部六季 有点儿失落 看着 求婚 sp 觉得山 p 虽然有肌肉了 但还是招人稀罕

对了 在日本求了签 "小吉" 觉得 蛮喜欢小吉 这样的人生

2008/4/10 『他说 没有爱不会死 不过有了爱会活过来』

今天晚上 我做日本咖喱饭 小野同学很喜欢

2008/4/11 『环游世界的梦』

我又知道 什么呢

工作室 把书寄到家里 今天和 家里通话了 一个多小时 妈妈在那边一直重复同一句话 ——真好 真好 她在念叨准备要送给谁 念叨学校老师要花钱买来看 念叨她此时不可思议的感受 语言里 有因为我而自豪的心情 据妈妈说 对我出书 一点儿都不热衷的爸爸 见到书以后 反倒是我家最激动的一个 整天捧着书看 爸爸接过电话 说 写得真好 然后 我们俩都在电话里 默不作声

很久 不用 QQ 刚才上网 看见 高中的群 公告就是我出书的事 一上去大家都很热情地 上来祝贺 群里一下火了起来 几个最好的朋友 甚至已经看完了 我不好意思 让他们把 公告改了 女生说 大家都为你高兴啊 去边疆当了大王的王明 小学的老师杨明 我老对 三儿 大柱 我小厮 大体委 和朋友 徐杰 浩 纯 还有 立旭 一直聊天 就聊到了这么晚 很久没有联系的朋友 因为这本书 送来了真诚的问候和鼓励

echo 和 小四说 豆瓣 排到第一咯

s 说 她们那里的小书店 进了四本 她每天去看一下 都少一本 有天 还碰到一个 美少年在买

有 小朋友说 要到书店打工 让更多人 看到这本书

还有 更多的小朋友 写了 评论 送来了 问候……

听着 echo 那里的 背景音乐 我就在想 我又知道什么呢 我只是把 一些小故事 小心情 和你分享了下 却得来这么多 回报……

想 更好地生活！半夜三更……有点儿语无伦次了

2008/4/22 『有种我非常喜欢的黄色 叫不出名字的 法国香槟』

晚上 三点多 写作业 要写到崩溃

要 流出眼泪了…… 明天抄我作业的巴基斯坦同学们 自觉给我 100 块

凸——

再会唱歌的 mew 也拯救不了我

我需要个 会写 business plan 的 mew

2008/4/25 『五星红旗迎风飘扬』

反复地听 《北京欢迎你》 和小野在家关注 奥运圣火传递的消息 看到在欧洲圣火传递时 有人出来捣乱 心里十分气愤 觉得为什么我的祖国要做一点儿事这么难

所以当 奥运圣火来到澳大利亚 我看到豆瓣上 有墨尔本这边组织的 留学生去护送圣火的活动 立刻就决定参加 给我的几个朋友打电话 他们有的忙着上课 有的家里不让去 说是觉得危险 于是 我就给我妈妈打电话 我妈妈说 这个肯定得去的 于是 二话不说 我和小野 还有学生村一个中国女生就报名了

22 日 晚上赶作业 到次日早上四点

23 日晚上九点 和同学坐 bus 去堪培拉 看火炬传递 墨尔本方面去的留学生 估计有 5000 多人 大巴塞满了整个停车场 我没控制住 嗷——地叫了声 小野问 你怎么了 我说 好激动 ＞＜

24 日 经过一夜的颠簸 风尘仆仆地来到 堪培拉 早上六点左右 这个城市的 各个地方 都开始有五星红旗的涌动 下了大巴以后 大家冷得直打哆嗦

九点左右 开始点火 从湖的一头 到这头

下午一点左右 结束 我们坐下午三点的大巴回来

24 日晚上 二十四点 回到墨尔本

当 国歌声响起 当看到红旗飘扬 看到我们的火炬 祥云 看到那些藏独分

子试图破坏 和同学们用红旗围住他们 不能动手 只能扯着嗓子 对着他们的耳朵大喊 How much they paid you? 的时候

不禁有温暖而又激动的情感 涌上心头

我爱中国

昨天 回来以后太困了 还有些事情没说 首先要 感谢 小野同学 拍照 自从有了单反 我的卡片退休了 自从有了小野 我体内的摄影师 也退休了

回来以后 看了报道 据说当日 出现在 堪培拉的中国人 多达两万……

悉尼同学的大巴 晚上两点从 city 出发 很多人 没有车 只好坐最晚的公共交通工具 从十二点就在那里等

阿德莱德的同学 离得太远 听说 组团坐大巴 往返就要 200 多澳币

还有很多很多的同学 佩斯 布里斯班 塔西马尼亚 甚至新西兰 我们这些人很多 很多都是白天有课 甚至之后打工的 只是为了一个 共同的心愿 从各个地方 来到澳洲首都 保卫我们的火炬 维护我们国家的尊严

我们所 乘坐的 bus 又挤又冷 小野说 他晚上都被冻透了 我穿了小棉袄也是冷得手脚冰凉 几千号人 行车时间是九个小时 半夜到了某个休息站 根本找不到厕所 男生们 跑到树林里小便 场面无比壮观 女生估计都在憋着 很可怜 看着我们这些之前不被看好的 经常被冠上 自私 没有集体观念 之类的 80 后 能如此团结爱国 我很感动 这个时候就能看到一个国家的凝聚力 长辈们也许并没正确地认识我们

我觉得 美国的 英国的 法国的 澳洲的 日本的 所有所有留学生的 心情都是一样的 好像你离开家了以后 才知道自己多想家 多爱父母

P.S.24 日当天 两万余中国华人 参与火炬传递 三万多枚 中国五星红旗被发放 一点半 火炬传递仪式结束 同学们 坐大客 陆陆续续地回到自己的城市

堪培拉广场 干净如新 地上 没有被随便乱扔一面红旗和标语

2008/4/27 『 鱼 不快乐 我知道 』
开始冷了 电褥子 也满足不了我
我需要的 不是 笔记本电脑 是有棉被的桌子暖炉
想要 挖一个不深的洞 带着不二进去冬眠
夏天再出来 或者 至少我能回国的时候再出来

monday blue monday blue monday blue monday blue monday blue
monday blue monday blue monday blue monday blue monday blue
monday blue monday blue monday blue monday blue monday blue
monday blue monday blue monday blue monday blue monday blue
monday blue monday blue monday blue monday blue monday blue
monday blue monday blue monday blue monday blue monday blue

2008/4/28 『 给的比要的多 』
tmd 没有 文学小青年 那么高产 却沾染了 一身文学小青年的坏毛病
最近心情不好 大片恍惚 想哭 （ 怀孕了？ c ！ ）

动作速度 延迟 2.7 秒
思维 逻辑度 降低 36%
写作业 积极度减半
对 事物热忱度 为 0.8
沟通欲望 趋近于 0

唯一需要的 就是 热的 无棱角不放光体 热开水 和 地底下的洞

心里有本小说 它 美好得如琥珀一样 晶莹剔透 我知道你会喜欢 我也想和你分享 可是它是粘在心里的

当我 想把它讲出来 或者 写出来的时候 就觉得自己 哑巴了

也许我 需要一个 盖 把我盖上 然后 然后在 里面 放屁 放梅酒 放几滴纯洁少男的泪水 放蓝莓果汁 放假 放点儿宽容和善良 再放少女的黑头发 素颜长睫毛

它们 加起来 使劲使劲 又安静地 发酵

说不定 琥珀就脱落了 我要把它放到美术馆

那时候 就算是 冬天 我也不会觉得冷

如果 是夏天 我就带上 我爱的那个 小傻瓜 去旅行 阳光充足的 三千尺高 我突然明白了 我不能坐在 悲伤的你 旁边

2008/5/2 『 后怕 』

今天差点儿挂了 前几天工作排到一起 结果有个论文 一直都没写 今天交作业 昨天晚上开始突击 看到最后 眼里的英文都变成字母 一点儿也召唤不出它的意义 好在晚上四点左右总算写完了

赶早上七点十五的 vline 去学校交作业 一睁眼已经六点四十五了 迷迷糊糊地起来穿上衣服鞋子拎着书包就往外跑 钻进车里踩着油门就出了停车场 我住在半山腰 去火车站的话 要越过山头到另外一边 我右手握着方向盘 左手在包里翻手机

也说不清当时怎么回事 脑袋似乎空白了 等我反应过来已经错过了转弯 要开到花坛里了 于是我使劲地往右边打方向盘 结果 duang ~ 的一声就撞到路灯上 玻璃一下子都碎了 随后车子就莫名其妙地像过山车一样翻了过来 整个过程当中我脑子都很清醒 还好我系了安全带 我的脸和破裂的玻璃的距离大概也就几厘米 这时候 车前面开始冒烟 我第一反应就是起快离开这里 车子要爆炸了 松了安全带 使劲把车门推开 爬了出去 看到远处有一个提前来上班的老师瞪着大眼睛望着我 她似乎惊呆了 我朝她走过去 她扶住我问 你好么 你好么 有没有受伤 我说我没事 就是脑袋撞到车顶了

她说 应该送你去医院 我说不用 我应该没事 估计这个老师也不知道如何是好了 所以打电话给警察 大概十分钟警察就来了 看到被撞倒的路灯 还有我大头朝下 已经破烂不堪的车子 一脸震惊的表情 他们问我是不是喝酒了 我说没 我就是昨天写作业写得很晚 警察又问我 当时有没有超速 我说没有 后来做了酒精检测

警察打电话叫来了拖车 操作拖车的大叔看到这个场景说 crazy！ 他对我说 你真命大

拖车过程中 他的手被我的车玻璃划伤了 他开玩笑说 我受的伤比你还严重 我笑

那个女老师执意让我去医院检查 她说我不可能什么事都没有 可能是内伤我自己感觉不到 我感谢了她 说不用 谢谢她早上的帮忙

回学生村 给老师打电话告诉她我出车祸了 作业从网上交 下午开始下起小雨 还要打工 骑自行车去工作 雨水打在眼睛上 有点儿难过 车子也报废了 而且警察很可能起诉我 因为 发生事故的附近有个小学 越想越难过 使劲蹬着自行车 厨师问我今天怎么没开车 我和他说了早上的经历 他说 You are nuts, man！ 早上出车祸晚上还来工作 我说 不来不行因为没人顶替我 再说我没怎么受伤 晚上工作完回家 淘尼说 我载你回家吧 自行车就留在这里 回去好好休息

晚上回家以后 自己一个人静下来才反应过来这一天的经历 脑袋里回想着翻车时候的情景 开始不由得打哆嗦 控制不住地颤抖 给我妈妈打了电话 妈妈在电话那头静了一会儿 说你好不好 你好么 我说我没事 安抚了她一下 她说给自己煮点儿面条吃 好好睡觉 别害怕

我躺在床上想

但愿是 "大难不死 必有后福" 吧

可是 还是要感谢 上面的人 ——谢谢您

2008/5/6 『 很喜欢又不知道在唱什么的日本歌曲 』

Dom 同学 回到德国 签名改成 germany soooooo nice 你看 我们人人都有爱国情结

小茧说 去看火炬传递的时候 应该举奥运五环旗 我想想 觉得很有道理 你都弄 五星红旗 人家觉得你爱国主义泛滥 至少也觉得 只是你们国家的事

但是 如果用 奥运五环旗 性质就不一样了 人家 感觉你是在 维护奥运 这样大家就都参与进来了嘛 姐姐 你真牛

所以 大家 当你们 去支持北京奥运的时候 别忘了 你的奥运旗帜啊

新车 目前锁定 VW PASSAT V6

我问 dom 这个公里数 还要那个价钱 会不会 太贵啊

结 果 小 朋 友 说 It's worth it, and it has leather seats. lots you can do on leather seat. ^_^

我就 无语了

还有 小台湾的爸爸原来就开 PASSAT V6

他说 这是缘分啊 我说是我和你爸的缘分

结果 小朋友无语了

我没有洁癖 可是 大便以后 如果没有冲干净 我就会用刷子刷干净

洗澡以后 如果 下水口处有头发 我会用手纸包起来 扔了

近期搬来些 中国学生 习惯很不好 害得我 最近经常 帮别人刷厕所 捡长长的头发

不希望 下一个来用的人 使用起来不方便 更不希望 他们觉得中国人 不卫生

大家都 自觉起来 一起住 就要彼此体谅嘛!

owen 同学生日快乐

2008/5/9 『delicate』

So why do you feel my sorrow

With the words you've borrowed

From the only place you've known

And why do you sing Hallelujah

If it means nothing to you

Why do you sing with me at all?

　# 最近追的美剧 有个对白 大概是这样 If you go away far enough, then you are on the way home.

　# "当敦煌飞天的时候 皓平 我要想你" VS "如果 有天 我不再唱歌了 请你们忘记我" 果然是两个我爱的 聪明女人 知道什么是 己所能 和 己所不能

　# 那时那刻 觉得时间静止 心中有形状各异的情感向外涌出 ……想紧紧地抱住你 一直这样下去

　# 又开始听 Cocorosie /Damien.Rice 单曲重复

　# MC 的 space 上 用四个词 "我,兔子,桥,钥匙"造句 我的第一反

应是 兔子 拿着钥匙过桥看我 注意到答案 兔子是爱情 钥匙是财富 桥是人生 觉得 还不错

2008/5/15『加油 中国』
立正 敬礼

2008/5/26『肚子痛』
毕业论文准备中 考试预备中
本着 不成功便成仁 和 是骡子是马拉出来遛遛的心态 开始倒计时了
嗯
从 开学时候 老师惊讶地对我们班级的三个人说 用半年读两个文凭？
You guys will be fucked!（我们这个小班只有三个人 两个巴基斯坦人 还有我 他们都是我学厨师时候的同学 我们关系很好 每天中午一起吃饭 因为他们的宗教信仰 所以我们只能固定去一家清真饭店 天天中午去 去了半年）到现在的 仅仅剩下 28 日

步履蹒跚 苟延残喘 走了过来 嗯 想说 28 日 混沌小宇宙 rp 积攒完毕 亚健康期 jet 大爆发

即使 作业已经 堆积到这个 地步了 我还 保持着 YouTuber 本色

看了 力宏和 Selina 的那个 《你是我心中的一首歌》 Selina 真的是 太彪了 待人亲

看了 一个 拯救型男的 《女人你最大》 里面教 怎么抓头发 今天早上就用 发蜡抓了抓 其实刚刚理了 千秋头 不过因为懒 都只戴帽子

上学 被几个不认识的 女生 hi 5 故作镇定 击掌 走过拐角 开始感叹 刚才 可以更帅的……

看了《北京欢迎你》的 视频 ××× 次 莫文蔚 最大 穿成那个样子 简

直就是女神 这样的词 竟然是林夕同学 写的 他是男神 是 男 神！

自己听了 几百次 热血沸腾不算 还发给朋友听

小野 来我房间 我逼他听

成龙唱 北京欢迎你 为你开天辟地 的时候 我的爱国主乄情结乂 标红了下……

他看我那个 激动的样子 说 战争时期 你就是那种 连长动员鼓舞几句 你就扛着旗往前冲锋的

我说 屁 你也太小看我了 那也得看 连长帅不帅吧

可能 昨天视频看了太多次 甚至看出来蔡国庆在对任贤齐那句口型 小谢对的陈奕迅那句

早上起来 神志还没清醒 就开始 满脑子的北京欢迎你……orz

P.S.

· 有的 时候 我真的很 鄙视 工作效率极低的自己

· 如果 两个学位都顺利 pass 我就 澳大利亚 南北 十日游

· 怎么 会有 人的名字 叫 Bank 怎么 叫 Bank 的 恰好就很有钱？

· 眼药水 berocca V-can red-bull 沙拉 使用中 只求 维持个 亚健康………

2008/6/11 『鲜美的蘑菇』

考试 还剩下十分之一 我最怕的科目 今天早上也 结束了 所以基本上用半年拿两个学位的心愿达成了 MSN 签名改成 请尽情地 表扬我

最近可能因为 吃得不健康 又喝很多咖啡 不运动 不吃菜 所以放很多屁 又很臭 多谢 小野包容我

有天在房间 上网 放了个超臭的屁 臭得我都要吐了 可是我还是 蹲椅子上不动弹 我就是宅男典范

回家路上 因为晚上没吃的 就去之前学西餐的饭店订了两个人的位子 要和小野庆祝下 结果我忘记了 小野晚上要打工

最后只好 自己去吃（有点儿尴尬）

吃了两道以后 去后面和老师打招呼

结果 老师 当着全班十多个人的面介绍我 This is one of my best students from last year. Now he works at a Melbourne top 10 restaurant.

热情的 Ross 老师 非要请我吃甜点 说算他的

吃了饭 走出来 才反应过来 刚才被老师表扬了 开心得 胃都要笑出声了 差点儿绕山 跑两圈

要好好计划 接下来的半年

2008/6/15 『想你的时候 风忽然就停了』

你拥有你的，我拥有我的，盛开。

你适合你的，我适合我的，垂败。

另：最近很 horny……

2008/6/17 『光脚在地板上走』

晚上 做梦 第一个是 和马天宇 一起在我们大学跑步 问他 李宇春 到底好看么

第二梦 梦见爸爸 爸爸变得很胖 小跑着 去 7-11 给我买东西 当时感动得差点儿流泪 想下期就写《背影》 做梦的自己 实在看不惯 梦里的自己 说了句旁白 你以为你是朱自清啊

早上 洗脸 想起日本漫画 觉得这么说也不错——我到底要用 怎样的 速

度生活 才可以避开你

2008/6/30 『还是会寂寞』
很闲

胃口不好 去了医院 溃疡和十二指肠 不知道怎么说 疼痛的感觉也形容不好 医生问的问题 专业点儿的就听不懂 医生肯定感觉出来我在很努力地解释 开药的时候 他说 well done 我发现按时吃饭很难 按时吃药就很简单

viva la vida 一出来就去买了 开车的时候 反复听 lost 我这种芮皮特 达人 用 6cd player 真浪费

没有之前的歌那么让我触动 可能 我需要的是个敏感灵魂 一个 唱着 *Yellow* 的 scientist 来 fix me 至于革命与神样 距离我太遥远

想问 Do you really believe what you are singing?

可是 反过来又说

"不是关于 萌点 也不是关于某某控

是关于分不清的真假音 是关于卷发 关于大腿和小腿的弧度和奇怪的滑冰舞步 是关于一个人走或者跑的 MV 奇妙的自信与手势 眼神的温柔度 门牙的缝 一定是关于什么的 否则 我为什么总是很轻易地就能被这 小爷们儿 弄哭"

Big thanks to coldplay.

短期内的目标就是 完成《世界尽头与冷酷仙境》的 两个版本的阅读 和找一个新的工作

哦 对了 在图书馆借书的时候 仔细地考虑了 和读者之间的关系的问题

觉得应该是 彼此尊重的 写与读的关系

妈妈的三炷香
妈妈说 她最近 每天会烧三炷香
一个 让爸爸身体健康
一个 让我平平安安
一个 祝弟弟考试成功

一个人 当他 可以把自己的幸福 建立在别人的幸福之上的时候 这样是
不是 更容易获得幸福呢

2008/7/2 『good boy dating porn star』
你出现的时候 世界 哗的一声 就只剩下 我们了

音乐换成 clodplay lost 然后看到 owen space 也在放这个 感觉 真的是物
以类聚

最近一直阴天 高中寄宿在 W 市 那里经常阴天 早上会有很大的雾 雾
厚重得 伸脚不见五趾 因为学校操场刚铺的塑胶粒 所以不让学生上去踩 大
家都绕着去食堂或者上课 我当时就想 拉上一个人 去操场中央接吻 一定是
又安全 又刺激

记得当时周末 同学都出去了 一个人在冰凉的寝室里躺着 明明是阴天
又不想开灯 那样睁着眼睛躺很久 当时心里想的什么 也都忘记了 只能记得
当时的心情 犹如古井里的石头被扔到沙漠里的感觉 安静的 寂寞的 又真实
不喜欢阴天

初中时候的夏天 回忆起来 似乎被上百个反光板打着的明亮 那时候 你

说 我们去海边吧 我问还有谁 你说 只有你和我啊 然后一下午都很开心 妊同学说我 你嘴里怎么含了个衣架 我们顺着滨海路走 很少说话 因为有知了和 鸟的叫声 所以都不会觉得突兀 树又高又绿 花开得很奇异 偶尔听到别墅里狗叫的声音 我们在石头凳子上 坐下来休息 你指着 下边的海说 看 像静止了一样 你问 海的那边是哪里 我说 我也不知道 山东或者日本吧 你说笨蛋 我说 c 明明你自己也不知道 你就咂了下嘴 瞪着我笑 眼神明亮 我在想 你怎么长得那么漂亮

小学一年级的时候 就有喜欢的女生 午饭之后 拉着女生到操场一角的花坛边 说我喜欢你 女生的头发扎起来 在脑袋上绑成一个包子状 额头明亮然后她说 我也喜欢你 一直觉得自己 情商很低 明明自己不知道如何经营感情 但是在每次喜欢的时候 都会 迫不及待地说 喜欢你 大概十年之后又见面 她从俄罗斯学舞蹈 回来 见面的时候 两个人都没有说话 隔了一阵子 同时问了 你好么

我们家 小机器人过生日 一帮人去 猫本市钱柜唱歌 唱《好久不见》 和《你的背包》 都没有什么感觉 小机器人拿过 mic 屏幕上是《至少还有你》她说 她曾经在电话里唱这个给她妈妈听 她妈妈哭了 明明当时我心里的潜台词是 真做作 可是还没唱过副歌 就红了眼圈 就大吵着 酒呢 酒呢

我一直相信 当你做了某件正确的事 它就会使你在这个地球上的重量增加一些 会觉得 安全踏实 现在让我觉得害怕的是 不知道什么地方 有阵风 可能是来自某个角落 可能是一个不属于你的人 可能是疾病 当刮风的时候 它就把你像 叶子一样卷起 带你去它想去的 地方

2008/7/4 『这不算什么 只是为什么……』
最近生活 大概是这样的：
平躺 饭局 小说 平躺 咖啡 平躺 电影 停车 平躺 护手霜 平躺 平躺 平躺 平躺 平躺……

宝利来的照片是用 从 xMAXx 那里买的 Rossa 相机照的 优点是可以自拍 缺点是厚

2008/7/10 『很久前风干的水彩』
明明 有的时候 阳光还算好 可是就是冷 冷得要缩到一起了 暖气和 电褥子一起开

今天去店里拿支票 工资每小时又涨了 3 块

刚刚看 《L 之终章·最后的 23 天》 除了 L 本人有点儿看头 从剧情片 变成动作片 果然没什么搞头 更有甚者 小野同学在一旁说 原来是提倡环保题材的
L 桑 跑的时候 看得有点儿难过……为什么不能和神桑一起呢 明明是彼此相爱的

2008/7/15 『谢谢你分享了我的 狼狈』
下午 房间内 14：42 晴天 稍有云 凉 如果你是你 而 我不是我 那么……

围上电褥子 给自己制造了一个 伪夏天 白茫茫的 不用用力呼吸的夏天 你出现的时候 我执意要把 熊猫背心挂到你耳朵上 你叫嚷地追着我跑 却又

不把它拿下来 我觉得我永远也搞不懂你 在你一次次 骄傲地说 我已经把你看透了的时候

有一些爱 像《卡农》 反反复复可是不会觉得腻 当你觉得要结束的时候 它又来了

有一些爱 像 pola 相机 或者已经停产的 700 相纸 用一点儿少一点儿 我似乎能听到它下降的声音

2008/7/18 『手机开机如开电脑一般的索尼 600i 』

下雨 之后忽然天晴 在房间看到 外面的彩虹 翻出宝利来相机 rossa 飞奔出去 抓住了一角

翻阅三个本子 找你的电话 有些号码 没有署名 会读出声音来 感觉 那是不是你的手机号

反复尝试了 好几遍 才用 打中国的电话卡 打到你那边

又有半年没有讲话 不知道要说什么 接听音的时候 在想 会不会有人给你过生日

你小声说 喂 我说了句生日快乐 你在工作 我匆匆挂了电话 19 秒

出来厅里的时候 竟然有 花火的味道

生日快乐 生日快乐 生日快乐 生日快乐

看 《蝙蝠侠》 《暗夜骑士》 大约在 两个小时后 出来上厕所的时候 捕捉 到 小说 开始的语气

有时候 有 无论如何 也想抱住你的冲动

和 小野一起买乐透 从我喜欢的那几个 小朋友那里 要了 7 组号 加在一起才中了两枚…… 只能说 你们太弱了 小野说 买乐透 就是 花钱买意淫 我和小野准备把彩票当成 长期投资 我们买每周周二开奖的彩票 因为 我都是每周三开始工作 就像 如果周二中奖了 我就不必工作了

对话：

"我刚才给你打电话了"

"我电话停机了"

"嗯 我知道"

"那你怎么还打"

"我不知道"

2008/7/22 『睡觉前 能给我讲一个故事么』

癖好是 洗澡完毕 一定要用 凉水冲 关掉热水阀在龙头下转五圈……刚刚踩到肥皂 滑倒了

＞＜

2008/8/9 『很多习惯 好的坏的 其实习惯了就 OK 了』

现在是 凌晨 2：47

刚刚 看完 开幕式 又激动了

今天晚上 本来打工的我干得飞快 厨师问我 你今天晚上是来 拆店的么 我说我着急回家 看开幕式 然后 厨师说 原来你可以干得这么快的 平时都

偷懒了你 我 orz

　　下班以后 开幕式已经 开始半个小时了 钻进车里就踩油门 开出去 两百米后 觉得不对劲 一看 手刹没拉 >< ……

　　一路飞奔回家 那速度 让我觉得 比赛还没开始 我先 奥林匹克了

　　我觉得 很好看 有个地方还看哭了 忘记 哪里 就觉得中国真好 中国人真可爱

　　中国队 出来的时候 我和小野又是鼓掌 又是喊的 嗓子都哑了 后来 有个双手呈鸟状的舞蹈 小野和我 还傻乎乎地 follow 了

　　P.S. 每个国家都有 美少年和美少女

　　PP.S. 我看的是 澳洲 seven 电视台 转播的 解说给了很高很客观的评价最后他说 "难以置信 感谢中国 给我们一个这样难忘的夜晚"

　　PPP.S. 很萌 各个国家的 首脑夫人

2008/8/20 『英国男生太有礼貌』

很早以前 用 MSN 很多人 离开的时候会说 我吃饭去了

之后 更多人 喜欢说 我洗澡去啦

再之后 我去 gym 啦 或者 我瑜伽去了 慢慢流行起来

　　就这样 在夏天 到来的 前两个月的时候 我也加入了 聊天的时候会说"我健身去啦"的行列

　　被豆包称作 很爱折腾的我 没健身前 置办行头成了头等大事 去了两次 city 才买到喜欢的 运动裤 鄙视 自己一下

　　在 无比喜爱的灰色 + 红色 LOGO 160$ polo 那里 踌躇了很久 那那说 真的喜欢你就买好了 最后还是 毅然地 走出了 myer 去买了 阿迪达斯的 三条

线 那那看着我的眼神 有种小 S 说 快把面具给我撕下来的意思

每周 健身四次 每次一小时 健身教练说 这样练下去 年底你就能 70kg 了……在 心里默默 OS 哇 70kg 老子不就完美了么

然后 就 每天早上 吃三个水煮鸡蛋 晚上 吃蛋白粉

每次 健身后 回来第一件事 就是洗澡 我是 超级不爱洗脸 洗澡的 人……不过 实在控制不住 观察自己肌肉的冲动 对肌肉萌的顺序是

腹肌 > 背部肌肉 > 胸肌 > 肱二头肌

最近 同事和我说得最多的 就是 奥运会 爱丽丝问我 安东尼 你看奥运 比赛么 我说 当然看啊 你呢

她说 Olympic is all I watch.

（想起来 有次厨师买了一个 测温度的机器 就是一按之后会有一个点 打出去 就能测量那个点所在位置的温度 后来 我就用那个温度计 点了 我 的厨师 还有洗东西的欧洲阿姨 还有经理 我说 Cindy 温度最高 肯定工作最 卖力 然后 爱丽丝就跑过来对我说 do me! do me! 这时候 老板进来了 她说 unbelievable you said that...）

别墅的那个厨师淘尼 听说 我因为在 保龄球馆工作 没看 开幕式前面 他说 太可惜了 你没看 我都看了两遍

遇到之前的 澳洲老师 他说 你们中国拿金牌 拿疯了

印尼的甜点师傅说 中国 现在是不是都四十多块金牌了 我们国家才 两块

保龄球馆 可爱的小厨师说 最难以置信的 是举重 中国那个举重的 就比 你壮一点儿 （我不知道他 是怎么看的……我健身才一周而已）身材 比美 国那些膀爷差远了 怎么那么有劲

…………

每当这时 我都极其做作地 一脸若无其事的表情 客气地说 中国参赛的

多……可是心里已经 乐开了花

2008/8/24 『肾上腺素攀升的手感』
　　官邸的经理 Cindy 也是一个健身教练 她知道我开始健身了 很开心地和我说 如果壮起来以后肯定是个帅哥 她问我现在每天都吃什么 配合着吃蛋白粉了么 我说有吃蛋白粉 但是我不是很喜欢 因为每次喝完蛋白粉我都很口渴 还有我每天会吃三个鸡蛋

　　她说你那么高 一次吃三个鸡蛋怎么够 至少要吃五个 我说哦 当天晚上回去就煮了五个鸡蛋 吃的时候 小野问我干吗一下子吃这么多鸡蛋 晚上不吃饭了啊 我说为了长肌肉 小野说 可是书上说 一个人一天 最多吃三个鸡蛋 再多身体就不吸收了 我百度了一下 果然也有这种说法 然后我就想 以后每天吃四个好了

　　我问 Cindy 为什么我每次健身以后就觉得效果很好 肌肉都出来了 可是 睡一觉又小回去

　　Cindy 说 你感觉肌肉变大了 其实它们并没有变大 只是因为你运动过程中 它们充血 胀起来而已 真的长肌肉要不停锻炼 在肌肉纤维不断碎裂修复的这个过程中才能真正地长肌肉

　　任重而道远啊 任重而道远

2008/8/26 『欢乐单调的学校生活』
　　晚上回家的路上 穿过森林的时候 怕轧到动物 开远光灯 有的时候遇到狐狸 有的时候遇到兔子

工作的时候想到 在我有勇气 说 我做你男朋友吧 的时候 如果你说 好啊 的话 现在我们会是什么样子

被 喜欢的人在十分钟内 骗了两次 我的谎言又立刻被 揭穿 自己嘴硬说着 c！ 可是心里有点儿 幸福

你说 以后要一直在一起哦 以后 不能因为一些小事就不理我哦 有那么几秒 我百分之百地 认真相信了

下午休息的时候 看足球决赛 很喜欢 阿根廷的 传球 脑子里忽然出现了一个关于 乌鸦的故事 想着想着 觉得心疼 在放屁和打哈欠的时候 流出了眼泪 用手掌 从两边太阳穴 往鼻翼两侧使劲地挤
右手 食指的指甲 长到了肉里 很疼
连续几个晚上 口渴醒来 迷迷糊糊地 按亮闹钟灯 都是 三点半 懒得穿裤子 光腔围着毛巾 去厨房喝水 小野说 你不怕别人看到啊 我说 看到了 我就给他推倒
赫本小朋友 偶尔会来看我的日志 电话那头 她问 为什么读起来 总是悲伤呢 哎呀 我也不知道 明明是比较开心的
亲爱的不二 会不会 你也不是很了解我？

2008/8/28 『 日落后 这女孩的脚一定会冷的 』
除非长相关系 否则 很少讨厌一个人 觉得讨厌一个人 很费心力 有这个能量 应该用在喜欢的人身上 所以有些人 在我心里 被放在 模棱两可的地方

因为长相 就会很容易喜欢一个人 想与他分享时间和经历 可是 好看的

人 那么多 一个又一个喜欢下去 结果自己都没有被别人喜欢 甚至 自己也不喜欢自己 有的时候想说 像市川拓司笔下的男主角那样爱一次 怎么样 这个想法还没形成 脑子里就发出震耳欲聋的嘲笑

脑子里 出现很多问号 你喜欢吃什么 什么时候睡觉 敏感的部位 喜欢什么样的咖啡 你为什么 每次都能很痛快地挂电话或者下 MSN

小说里 暗恋男生的女生 安慰他说 就像下雨时候 躲到屋下 避雨一样 这时 男生 看着她 反问道 如果整个世界都在下雨呢?

电影里 穿着洗得掉色的紫色背心的哥哥 握着妹妹的手睡了 阳光充满房间的时候 他们也没醒

屏幕上 你是我男朋友么 和 几秒后 回复的 嗯

一切都在 慢慢进行 很自私又很狡猾 说一定会 happy ending 其实没有底气 希望你全身而退 倒是真的 想到 小茧说过的 一句话 "这样的自己 真不可爱啊"

想谢谢你 因为你 讨厌我 觉得我恶心 因为你想让我抱你 因为那句 那就保持联系 或者 lets work it out

2008/9/1 『命中注定』

打工 有的时候 从早上六点一直到 晚上十点 周末的时候 有五十多岁的老头和老太太结婚 坐着大马车来我们店里 店里的女生们和经理都穿成了欧洲老式的女仆的样子 我拿了 pola 去和大家合影 经理很喜欢我 把大家都叫来 照了很多照片

刚刚看 那照片的时候 有点儿感动 其实我觉得 我的厨师 对我凶 我一点儿都不生气 或者他让我干重活也没什么 让我自己一个人 留下来打扫也

好 斤斤计较也好 出尔反尔也罢 都可以 尽管当时不爽 后来觉得也没什么

淘尼 是我的大厨 也是我师傅 在中国 师傅就是爹啊 再说了 我的厨师有时候对我也不错 让我带东西回家吃 带我去买车 出去吃牛排 我很欣赏他工作认真的态度和刻苦耐劳的精神 一日为师 终身怎么怎么样的 ＞＜

经理 说要带我健身 当我的私家教练 淘尼说 算了吧 Anthony 和你练了后 没法干活了

老板也喜欢我 我也蛮喜欢她 还有 女孩儿们 也很可爱

总之 能在这里工作太好了 一定会 记得的 多谢关照

马上就要回国了

2008/9/9 『他说 I am chicken soup for the soul-less 』

回家了 带了四个宝丽来相纸 可是忘记了带相机 在上海 买了一个 每次询问 600 相纸的时候 对方那种表情 我都很不爽 有种 "摊手" 和 "同情" 和 "时日不多了 喜欢吃什么 就吃点儿什么吧" 的感觉

在上海 下雨的时候 看到小狗 冷得哆嗦 把它抱在怀里 很想给它安全感 结果没有好好撑伞 两个家伙都湿透了 觉得被小狗吃掉也不错 可能是我一厢情愿

回到大连 就在家里待着 大白天 看 残奥会 嗷嗷地哭了出来 晚上和妈妈说 问她 这样会不会很娘啊 妈妈说 不会 你善良 really？

实在闲得很的时候 翻柜子 看到自己以前的照片 初中时候的自己很难看 那个时候的朋友 现在还是很好的朋友 翻出来日剧《橙色岁月》 晚上和妈妈一起看 我妈竟然说 瑛太比妻夫木聪好看……

我的好朋友 只能让我来欺负 别在我面前嚼舌头 就算他缺点再多 我也喜欢 就算你嘴上功夫再厉害 也只想和你说 "驾"

这样

P.S.

还是人连好

去书店 问 有没有 我的书 阿姨说《陪安东尼度过漫长岁月》很多人来问过 可是我们没有哎…… OS：那还不快去进？！

最近 很萌 人参制品 碧欧泉那个 人参小红 人参糖 和 雕牌还是鹰牌的人参茶 觉得 人参的味道真好 又老气 又有安全感

2008/9/20『混元金斗 其实是个 马桶』

和小狗看 Short bus 我就在想

人的一生 要上多少次车 要下多少次车 才能性爱合一？

2008/9/26『济慈先生 你好么 / 我很想念你』

上个礼拜 去了很多地方 遇到一些人 没有思考很多事

飞上海 办登机牌的时候 被认出来 在国内被认出来还是第一次 对方 又漂亮 于是很开心 很俗 la 地 在机场给妈妈 打电话报告

对南京 印象很好 觉得出租车司机都很好聊 脾气又很好 很高 粗糙又茂盛的树 谢谢 S 和 echo 的招待 学到两个词 "车震" "雅" 晚上的时候 和 S Simy 爬上古城墙 五百年前 石头砌成的桥 也只是 走一走而已

南京的 先锋书店 用西米的话说 还 "蛮雅的" 淘到本子两枚 挺开心吃饭的时候看到一对恋人 觉得他们很甜蜜 两个人都戴着戒指 讨论着房子装修的事 在心里 羡慕着 羡慕着 羡慕着 在书店 很应景地 买了村上的《遇到百分之百女孩》明明读过好多次 却毫不迟疑地 拿了起来 晚上的时候和

萌萌打电话 聊了蛮久

　　和很可爱的小朋友一起在高层吃了饭 很不可爱地 没完没了地和他讲小狗的事

　　陷入 清新风格的 sm 风 恋爱

2008/10/1 『夏日开放后 迅速颓败的玫瑰 』

当初 我让你 吃了我的时候 你就应该吃了我

　　把你 删除了 又加了 阻止 因为 我很怕面对你 我喜欢你 可是 和你一起的时候你总发脾气

　　我知道 我有很多地方不好 可是 这次你说了让我很伤心的话 我不知道要怎么面对你

　　我也不想 总是让你生气

　　你眼里 我的缺点太多了 多到看不到 我这么喜欢你

　　也可能是 我的问题吧 也许我真的不好 也不适合 谈恋爱

　　你和我说过 五次分手 这次终于分了 现在 你开心了么

　　之前 觉得 分手的时候 说希望对方幸福的话 完全是 放屁

　　明明就 应该 诅咒对方 下一个 又丑又不会做爱

　　可是 这次 我们分开以后 我竟然 很想让你幸福哎 你说怪不怪 因为 你除了经常对我生气 真的是太好了

　　嗯 那你就幸福吧

　　可是 即使这样 还是会觉得 很可惜

如果 那时候 我们抱在一起睡觉的时候 你把我吃了 就好了

2008/10/2 『讲了电话以后 整个人 就舒服多了』
Y 说 他不喜欢一个人的话 就在他面前 抠鼻子

我不喜欢一个人的 时候 就对他 很客气

希望是 我抠着鼻子 Y 却和蔼可亲地看我 嗯 友谊天长地久

2008/10/6 『我的朋友都说 它旧得很好看』
你毫不掩饰地 自私着

再 这样下去 我如何讨你欢心

2008/10/7 『请给我 一碗白米饭』
不知道 如何爱你
看着你 是我唯一的方式

2008/10/14 『party 上很不自在』
夜航 一个晚上的时间

只要 有的没的 断断续续看几部电影 喝几杯果汁 睡几次 就回到 原来
的生活

那时候 我还不认识你

我在飞机上 想你

当我 闭上眼睛的时候 就能看到你

2008/10/15 『请你给我 多一点点问候 不要让我 独自难受』
15 号 只是想你 没有梦见你

十点钟 起床 接了老板一个电话 下午上班
煮了三个鸡蛋 干吃下去 刮了胡子 开始写稿子

你说 一个礼拜你就会 忘记我 还有 五天
我要让自己 忙碌起来

小跳 问我 想找怎样的人
我说 "爱我 又爱和我做爱"
为努力变成 更好的人 加油

2008/10/20 『val lehman 』
写在 揉捏过 不平整的 之前打印论文作业后面的 断断续续 用来更新的
话 一句 也没写上来
特意 拍的宝利来照片 关于你的 我的 你知道的和你不知道的……也没
有传上来

不用文字说事 不用照片说事

接下来 要做一些更有 意义的事 之前的一些文案 和 心里的一些东西 要整理出来 有人说 "太久 怕忘"

想起来的 都是你的好

我很好 还会更好

2008/10/22 『a room with an "eeewwwww"』

坐着没事 找了套题来做 蓝小楼同学没点我 我就当成是她点的 废话不说 let's begin

Q2：如果看到自己最爱的人熟睡在你面前你会做什么？

……盯着他 / 她

Q4：2007 年你最后悔的一件事是什么？

……没给上一辆车 交保险

Q7：你最想要的五样东西是什么？

……钱 雅思过关 男 / 女朋友……钱 钱

Q8：最后一次发自内心地笑是什么时候？

……和小狗出去玩 小狗发嗲

Q9：如果给你一个机会去世界上任何一个地方旅行，你会去哪儿？

……喜欢的人的心里

Q14：如果让你拥有一种超能力，你愿意拥有什么呢？ 为什么？

……说得算 要你管

Q19：如何向喜欢的人表白？

……盯着

Q24：世界末日，你会幸存，并且你可以救一个人，你会怎么做？

……立刻做

Q26：你在乎别人看你的眼光吗？会为了众人的反对放弃自己想要的东西或人吗？

……不会 不会

Q49：你和你现在的女（男）朋友在路上碰到你以前的女（男）朋友，你会怎么办？

……暗自深呼吸 上去打招呼

Q52：郁闷的时候怎么办？

……吃

Q53：最适合你发呆的地方？

……老板不在的地方

Q54：做过最开心的梦是？

……春梦

Q62：你最想为你将来的那个他（她）做件什么事？

……爱 饭

Q76：爱是什么

……爱 了 偶 唯一

Q82：如果你非常地想一个人会怎么做？

……去找他

2008/10/24『喋喋不休的女生』

"每次吻你，也乱了心跳，过去我哪会有明眸烁烁闪耀，全赖在每次你说爱我，我自觉紧要"

过去我哪会有明眸烁烁闪耀 过去我哪会有明眸烁烁闪耀 过去我哪会有明眸烁烁闪耀

过去我哪会有明眸烁烁闪耀 过去我哪会有明眸烁烁闪耀 过去我哪会有明眸烁烁闪耀

啊啊啊啊啊啊啊啊啊 黄果树瀑布 萌啊

2008/10/30 『遇上百分之百女孩』

如果是百分之百的人的话 不管多少次错过流连 生命中若隐若现的接点应该更加清晰才是

如果是百分之百的人的话 不管多少次误会爱上了别人 转过头来还是知道对方正好走到了一个岔口

如果是百分之百的人的话 不管多么晚才发现自己的心意 兜兜转转绕了一个圈回来 你也刚好站在那里

2008/10/30 『上海妇女用品商店』

最近很困 用各种各样的表情打哈欠 眼睛红红的

昨天晚上做梦 一个接着一个 完整的小故事

有一些 记不住了 一些记得很清楚 其中有一个是 我在一个门缝里 偷窥 画外音说 这是一个贫困的村庄 穷得男人都没有钱结婚 于是他们都找 一个叫 "大姐" 的女人 这个女人收男人的定金 然后给他们安排女人 帮他们生孩子 女人生下孩子便走

在梦里 我从门缝 往外看 大姐带着男人去山坡上 见女人 山坡上 长着绿油油的草 好像开着小黄花 记不清他们的表情了

另外一个梦 说 一个男人生了一个 小女孩 我问他怎么生的 他指着 腰的右侧 说这里会变得很胀 然后 皮肤越来越薄 然后 男人抱着他的女儿 和男人的爸爸妈妈 坐在农村样的小屋子里 脸上有着笑容

起来的时候 觉得 做这样的梦 真诡异 然后去把衣服收了回来 刚收回来就 下雨了
去 city 理发了 很短很短 因为 下周 要去 melb cup 当酒保 想利索点儿
在 myer 前面等车的时候 用两只手 一起摸 两边的头发

嗯 被 小狗摸过的头发 都留在了 理发店里

2008/11/3 『有木质地板的饭店』
现在 执着追求的事 将来必定有一天变成不重要的

机器熊猫说 人死的时候 能带走的只有回忆
我觉得 回忆只是在当下影响我们的感受 带不走 也留不下

2008/11/5 『穿你的衣服上街』
从 一生一世 到 一期一会

小西传给我 两首歌 《转眼之间》和《类似爱情》
听了 好几百遍 也不腻

想起来一些事 和小茧在日本的时候 有次我俩在大德寺里溜达 因为寺院在整修 很多地方都封闭了 稀里糊涂地 我俩来到 寺院一角 高高的竹林

里 有一个小庙 供奉着 一尊地藏

其实在日本 去过很多寺庙 瞻仰过很多佛祖神仙 可是大部分 只是心怀尊敬地 看看而已

但这个小庙不同 它不大 很安静 木质的外身 垢墙的墨绿色瓦 地藏表情很慈祥 只是眼神很空 然后我把包和相机给小茧 走到前面 跪了下去 拜了三下

抬头的时候 忽然 看到 庙门上 从右到左 刻着四个字 一期一会

那一刻 觉得有冷风吹进骨头里

后来 我们俩 继续闲逛 小茧问 你怎么了 我说 一期一会 什么意思

她说 一期一会是日本茶道用语 "一期"表示人的一生 "一会"则意味仅有一次的相会

亲爱的不二啊 你说怎么 想要一生一世的人 最后 都变成了 一期一会呢

是我想 我的想法 没有 很好地 百分之百地 传达给对方么

还是我 真的 做错了什么

2008/11/10 『一到夏天就经常流鼻血』

不二君 想要和你说的是

千万不要让那个喜欢你的人 撕心裂肺地为你哭那么一次

因为 你能把他伤害到 那个样子的机会只有一次

那一次之后 你就从 不可或缺的人 变成 可有可无的人了

即使他 还爱你 可是 总有一些 真的东西 改变了

我这么说 你懂么

早上 醒来的时候 看到 停车场上 有一只袋鼠 站在那里 往我这里看 我在想 要不要拿相机照下来的时候 它跳走了

后来 我很喜欢 躺在山坡上 看着云快速流动 阳光刺眼 闭眼的时候 视野里留下 云的形状

即使 成了现在这境地 我还是想你

回房间 拿相机 想用 rossa 记录我想你的时候云的样子 可是躺下来以后却没有按下快门 因为那片云已经 飘走了

上周连续七天打工 累到早上起来便开始觉得疲倦

也有开心的事 发生 欧文要来玩 朋友谈恋爱 小跳找到工作 杂志要改版 被说腿很性感 小茧邀请我去非洲 认识一些好玩的人 echo 来的日期大概定下来

这样

2008/11/15 『echo and Anthony』

今天坐 Vline 回家的时候 给绘本《这些 都是你给我的爱》 的序写了草稿：

你说 我现在成了这个样子 是不是都是你给的

比如

握手时候的力度 走路的姿势 我的逻辑 身上的疤痕 爱怎样的人 说话的语气语速

我旅行的 目的地 喜欢哪一个歌手 什么时候会哭 手段与造诣

我去的地方 微笑时嘴角的弧度 到底有多努力地生活 有没有 很爱喝水

是不是 很喜欢说我爱你 接吻的技巧 拥抱的姿势 说英文会不会很好听

有多天真或者多老练 喜欢牛仔还是西装 可乐还是泡面
眉毛的粗细 头发的浓密 走路的时候手指有多弯
……

嗯 我觉得一定是你 一定是 被你成就的

2008/11/17 『要看一场 Yanzi 的演唱会』
高中时期 有一天晚上 晚自习 我一边在偷偷地用入耳耳机听歌 一边做
一张生物试卷 整个身体是 相当放松的
　这时候 忽然有一种放屁的 冲动 所以我就把腚的一侧顶住椅子 然后 屁
股一翘放了出去
　也不知道是 tmd 哪里震动了 发出了 震耳欲聋的 即使隔着入耳耳机也
能听到的 可以和下课铃 PK 的响声
　顿时 班上所有人 都看向我这里 本来以为我的麻吉老对 会陪我一起 处
变不惊 让大家猜测去 结果这小子也很吃惊地 看着我
　于是 我的脸 红到了发梢 还 莫名其妙地 举起手 >< 说 sorry
　本来以为这是我人生 尴尬之巅峰之作 结果 昨天晚上被打破了
　明明是 最爱面子的 怎么总是这样 摊手【昨天晚上一点 到底发生了什
么 你是想不到的】

　最近 心情好多了 尽管上周 樱桃草莓蓝莓的采摘活动失败 不过 光 YY
也多少治愈了我

　经常被人误会 可是又懒得解释 不过 即使被误会心里多少也会 埋怨自
己 最近办理 绿卡 因为一些原因 换了中介 于是从 一号律师 换到 二号律师
　一号 律师 很恼火 说我 不诚实 把他玩儿了 又说什么人品问题 不够爷

们儿 等等 让我 想到【类似你说的 手段高明】

后来 四天之内 在二号律师的帮助下 给一号律师 发了 E-mail 结果 一号律师今天 让我去

一号律师大概的意思是 他那天不对 我不是他想的那样 然后要给我打个六折 让我 继续在他那里办埋 又说 他办理的这么多小孩里 他最喜欢我

我表明了 立场 事情到这个地步 我不会留在这个中介了 定金我也不要了 然后 帮他写了个书面字据 证明我对他的工作很满意 解除合同 是因为我自身要求 好让他和他老板有个交代

后来 我俩都 签字以后 他忽然 问我 咱俩以后还是朋友么

因为 我一直很气 就只是笑 也不说话

后来 他就把 我妈妈 给他写的 毛笔字《陋室铭》 还给我 说 让我送给二号律师

我说 何必 那个就是 我妈妈送给你的

他说 伤了感情 他不能要

我就说 还是 朋友吧 然后 他就很激动 一直和我握手 把我送到门口 其实 出来的时候 我挺开心的

因为 我希望 好聚好散 不要让大家弄到 翻脸的境地

然后 我就在想【会不会 有一天 你也会明白 我其实一点儿都不手段高明 我也真的对你好过 只是 也许那些并不是你想要的……不过 我当然 知道你不会 来问我 还能不能和我做朋友……那么多人 都等着和你做朋友 你就 move on 好了 不过这也好 如果你问我 我一定会选错】

之前 去上海考 雅思 因为 雅思的考点 上海财经大学 离静安寺的公寓很远 于是 考试的前一天就跑到 小西 庆庆和李安家

晚上 和小西同学出去吃饭 小西同学很纯良 六粒章鱼烧 我吃了四粒 在有米帅 和 muji 的那个 什么什么广场 小西同学 一直说 他太胖 要少吃点儿

结果 在 我们平均吃烤肉的 基础上 这个家伙 又吃了一份 芝士焗饭 ……白眼＋望天

后来 我们下楼以后 小西同学说 刚才路过的饭店 里面 有一对男生 盯着我俩看 我说 我怎么不知道 来 咱俩再走回去 给他们看看 结果被很纠结的 小西同学 拒绝了

晚上 本来 想买 大闸蟹 回去和 大家吃 结果回去太晚 没买到 然后 就在水果摊 买了 柚子

本来想 打扑克来着 后来一想 雅思本来就没看 结果考试前一天 还要打扑克 也太嚣张了 然后就 准备洗洗睡

小西和李安住一个房间 就是在地上铺两个床垫子 当时觉得他们真的很艰苦 想想在国外 还住 master room 的自己 很 惭愧

P.S. 后来回猫本 我和那那说 要和他一起找房子 住一间 那那问 你回国受什么刺激了……

后来 睡觉之前 庆庆就来了 四个男生一起 在房间里闹 我怀疑庆庆真的爱我 他拿了一个枕头过来 然后 小西和李安同学 就说那个枕头不干净 庆庆闻了闻 就去拿了个新的枕头套 我闻了闻 其实就是枕头的味道啊 再说我就睡一晚 于是我死活不让庆庆换那个新的

就在 争执的时候 庆庆 突然发出了 一声惊为天人的声音 很难形容 总之 一瞬间 我就被震慑住了 乖乖地交出枕头……

总之 大家一起吃柚子 分别洗澡 睡前一起在 房间里闹 很好 想起大学生活

谢谢你们的照顾

2008/11/25 『大杯 take away 拿铁』

今天 早上五点的时候定闹钟起来 开车送 toto 和 小野夫机场 迷迷糊糊 转弯的时候 没有开转向灯 被 后面的车 bibi 了

然后 这个山上 就 名副其实地 只剩下 我自己了

小野 走之前 特意去超市 给我 买了吃的 因为 我们一起住的时候 一般 都是 小野同学做饭吃 我很懒 下班以后就是不爱做菜 最近更懒 连盘子都 要他洗

后来 买东西的时候 他问 要不要买大米 我说不用 嗯 我准备 自己住的 这三个月 就吃生的 比如 水果 西红柿 沙拉 牛奶

今天 晚上 喝了一瓶酸奶 吃了 一个西红柿 一个苹果 因为 小野走的时 候 把液晶电视 搬到我的房间 我现在都用 液晶电视 当显示器上网 当聊天 工具 变得 这么大的时候 就会觉得 MSN 和 QQ 也很无聊 于是就关了 等下 洗洗去床上 看杂志好了

Zell 小帅从 悉尼过来玩 当天就给我打电话 可是 我这几天 天天 double shift 今天 闲下来 给他打电话 结果 已经 在回悉尼的 bus 上了 没见到 觉得 很可惜

自己就会 很寂寞 和 欧文讲话 欧文说 他刚考试结束 回到家 感觉 空 空的

欧文和我说 咱俩私奔吧 我问 去哪里

他说 去月球 我说 冷 他说 多带点儿衣服就行

刚才 做了 蔡康永 博客上的 一个 测试

说是：

作家，明星，医生，律师，都卡住

医生，律帅，卡住三全五分后，纷纷脱身

作家，明星，一直卡住，直到揭晓答案

所有大小生意人，都一分钟以后迅速脱身

脱身最快的，是一位贸易老板和一位金融人士

题是这样的：

三个人去投宿，一晚 30 元。三个人每人掏了 10 元，凑够 30 元，交给了老板。

后来老板说，今天优惠，只要 25 元就够了，拿出 5 元命令服务生退还给他们。

服务生偷偷藏起了 2 元，放进自己口袋。

然后，把剩下的 3 元钱，退还给了那三个人，那三个人每人分到 1 元。

这样，一开始每人掏了 10 元，现在又退回 1 元，也就是 10-1=9，每人只花了 9 元，

三个人每人 9 元。

$3 \times 9 = 27$ 元 + 服务生藏起的 2 元 =29 元，还有 1 元去了哪里？？？

结果 我一分钟 以内脱身 然后 欧文看了 怎么也没弄明白 我就 给他解释 结果他还不懂 我当时觉得 欧文只能当明星了

2008/11/27 『姨妈家常菜』

天热啊

迷迷糊糊地 起床

迷迷糊糊地 把床 从窗边 挪到 门边 （把墙 弄掉一块皮）迷迷糊糊地 洗了 所有床单 还烘干

迷迷糊糊地 坐火车 去了 city 迷迷糊糊地 逛

迷迷糊糊地 买了 碧欧泉 在小姐怂恿下 又买了 一瓶 然后 得了 一包 乱七八糟的小东西 （碧欧泉 男士竟然出了 美白……）

迷迷糊糊地 去精品店 试了 阿玛尼 小短裤 最小号 穿起来 还是掉

然后 迷迷糊糊地 去车站 吃了 冰巧克力摩卡和草莓 waffle

后来 下了大雨 凉快了 我也清醒了

在 回来的火车上 思路清晰地 为新书 来了个 brain storm 一口气写了二十多条

回家以后 生龙活虎地 去 gym 健身 （办了一个健身卡 每个月都要从卡里交钱 可是 没怎么去 最近 不是小野走了么 我空闲了下来 准备天天去 结果今天 健身结束以后 小壮男 告诉我 这个 gym 倒闭了 今天是 最后一天营业……我在 觉得不爽的 同时 竟然也有点儿爽 终于能把合同毁掉了 哈哈 ）

回家以后 洗澡的时候 发现 那一大包 碧欧泉 没了 可能是 落在 更衣室或者 咖啡厅了

我 指凸－－……（今天 去 city 的唯一意义就是 扔了 150$）

这样 迷迷糊糊 又效率极低的人 能 混到今天这样 真的 全是靠运气打拼的

上面的人 我谢谢 您 感恩节 快乐

有的时候 我也搞不懂 我自己 今天 从火车上下来 往停车场走的时候

突然地 就跑起来（跑得很难看）

　　边跑 边笑 边大声唱"突然好想你 你会在哪里 过得 快乐 或委屈……"
整个人 high 了起来

　　墨尔本和北京时间的时差是 两小时 因为现在 用的是 夏令时 变成了
二小时

2008/12/1 『《陪 1》的时候 感觉是你所有的真感受都在里头 』
小野 走后 我就看美剧 不上网

我看《欲望都市》 太多次 多到 我看出一个 bug
作家女和那个政界男 好的时候 姐妹们 参加一个 party
pr 女和一个老女人讲话 那个女的 走开了

结果 那个女的 后来 又演 律师女的保姆……

想明白 一个问题　在 两个地方 都赚足够的钱 才不会受汇率的 负面
影响

2008/12/2 『 summer storm 』
今天 是 一个月 以来最开心的 一天

丢了的 东西 一个个地 找到了
原来凭空不见的 那 500$ 是被我放在 另外 一个账户里了
碧欧泉 礼包 忘记在 阿玛尼 试衣间 后来 收银台小姐 帮我留着
红色 Puma 连帽外套 staff party 时候 忘记在 bar 里 Cindy 帮我收着了

我把你 弄丢了 可是 一直没想明白 原因 于是 这段都过得 浑浑噩噩的
今天 想明白了 原来 真的因为我 不够好 把你弄丢了
　嗯 丢东西 很可怕 可是 丢东西 不知道怎么丢的 更让人郁闷
可是 现在好了 该回来的 都回来了 不能回来的 也知道丢在了 哪里
要 改掉 坏毛病
少丢东西 特别是 重要的人
我们 合影 用照片纪念
我们 写日记 用文字纪念
我们 拥抱 用温度和力度纪念
我们 把头埋在对方的头发或者胸里 用味道和声音纪念
我们 将和那个人一起的 某一段画面和时光 在脑子里 不断温习 用回忆
纪念

后来 后来 就像 很多人说的 时间 让我们淡忘了 那个人

可是 总会有 那么一刹那 所谓的 "纪念" 好像灭了火星的哑炮 一下
子爆炸
然后 那个人 就被我们 这样清清楚楚地 想起来了

嗯 忽然 想起你的感觉 也许并不好受
可是 我仍珍惜 和你一起的时候 每一次 能制造 "纪念" 的 机会

2008/12/10 『裤腰 到底要提到哪里 是困扰我很久了的问题 』
《最小说》写作期间的 变化

[一]

没什么变化 真的没什么变化

　　两年前的生活 就是 上课 轻度近视 在本子上写东西 出去玩 想要自己幸福的同时 对别人无害 不知道自己要干什么 可以干什么 寻找百分百恋人

　　两年后的现在 是 上课 工作 左眼远视 在本子上写东西 本子上的东西到了 杂志或者书上 仍然到处走 继续追求幸福 希望对别人无害 也还是迷惑 自己将来要干什么 和谁一起 继续以 百分百的热情 寻找百分百恋人

　　为什么 不由自主地写作呢

　　不怕被你笑话 很多时候我都想哭 不知道为什么

　　可是 真正意义上的 哭—— "因为痛苦悲哀或者感情激动而流泪 有时还发出声音" 却从上初中以后就 再也没有过

　　就算觉得再难过 也哭不出来 只好借助打哈欠 或者 鼻腔用力的小技巧适时地流出几滴泪水 应景

　　在小狗家看 Shortbus 两个人都光着膀子 蹲在椅子上 当演到 小狗喜欢的那个男生 录制的 给他男朋友的 video 的时候 我滴下大颗泪水

　　摘下远视眼镜 擦眼睛 小狗说 你哭得真夸张啊 我盯着显示屏说 我没有真哭

　　太阳星座白羊 月亮星座狮子 上升星座白羊…… 星盘里布满火相星座 也觉得自己是充满元气的人

　　可是 失落的真实感没有因此而减少 人二雄 先生说 世界上只有两种人寂寞的人 和 不知道什么是寂寞的人

[二]

　　我很喜欢写东西 想起了 江美琪 她的前几张专辑卖得很一般 唱片公司

说 如果这样持续下去的话 就不给她发片了 电视台采访她的时候 这个并不漂亮的女生 平静地说 "我很喜欢唱歌" 她没看镜头 可是能感觉到她的坚定

后来她 一直不温不火 可是有几首歌 被广为流传

不论走到哪里 就算不带钱包 也要带上 灰色呢子质地的软皮本子 一直觉得钱包是消耗品 而我的本子 好像一个储蓄所 只要 安静下来 就能把思绪和感动 存进去 这个本子 就是我这两年 写作的源泉

有的时候 灵感到位了 变得 思如泉涌 在本子上飞快地 一下子能写好几十页 隔几日 往电脑里整理的时候 会发现一些 自己写出来的 可是当时并没有注意到或感受到的 情节和心理活动

我觉得 写东西 让我更好地 看清我自己

在《最小说》上 不写小说 从开始的《亲爱的不二》 到名词控 都是一些很清淡的东西 一篇几百字的生活片段和微不足道的思绪 写起来的话 谈不上得心应手 也算是没有 抓耳挠腮 有的时候会想 这些文字 被登在 每个月销量 五十万册的杂志上 就会觉得心虚

在很多地方看到这本杂志 家里妈妈整理的赠刊 卖书的网站上 书报亭 情调很好的书店 便利店 图书批发市场 几乎每次走过的时候 都会拿起来看看 然后 "我在给一个 杂志写东西" 这种没有多真实的感受 便变得真实起来了

然后就 开始准备出书 把之前在《最小说》上写的文字 和日记里的文字 放到一起 串联起来 一个字一个字地 读过去 删除很多字 好像古建筑修复的工程师 小心翼翼地复原着最初的心情和语气 总是觉得不够好 于是停下来 在 痕痕和echo的鼓励 和小四的鞭策下 终于完成了 拿到样书的时候 我在日本 小茧风尘仆仆地从北京赶过来 还没放下所有行李 便抽出这本书

开心地说 跑了几个书店 终于让我买到了 在飞机上 看得我直乐 我很喜欢
这个封面

后来 小茧去洗澡的时候 我就躺在 旧旧的日式旅馆 狭小的榻榻米上 翻
着我的书 一页 一页地翻过去 什么也没往脑袋里进 可是仍然 一页一页地翻
过去 后来 我握着它 睡了一个 很舒服 很长又 无梦的觉

[三]

最开始 去《岛》的工作室 那时候 还在上海马戏团附近一个公寓里 大
厅里有 四五台电脑 就成了他们的工作室 然后 朋友们有各自的 房间 盥洗
室里 摆满各种 保养护肤品的瓶瓶罐罐 大大小小 琳琅满目 我提着旅行袋
进去 阿亮穿着公主裙 华丽地来开门 小四研究了下我的包 问 是 LV 的？
他问我 饿不 我说 饿 然后大家 叫了外卖围成一圈 在茶几上吃着 晚上的时
候 围在一起看电影 快睡觉的时候 我躺在床上 小四在赶一本书的稿子 H
拿着几个打印出来的封面 过来问 哪一个 好看

后来 我去了猫本 再回国 公司已经搬到了 写字楼的高层 阿亮和痕痕的
着装 脱离了少女路线 清新的 OL 风格 墙上有几张 《最小说》封面的海报
办公室里的人我几乎都认识 因为没事做 就和司机一起 统计投票 中午的时
候 大家一起出动 吃 KFC

又过了一年多 这次回国 去工作室 提着一个包进去 发现多出了 好多写
字台 甚至分出了一个 "台湾岛" 多出来很多人 有将近一半的人都不认识
刚刚戴了牙套的痕痕 问我 饿不饿 我说饿 于是叫了吉祥外卖 小西同学很
有礼貌地 过来聊天 说最近很忙大家都在赶东西 后来我在 工作室待了一个
下午 那面贴着海报的墙 现在已经是 满满一面了 小四来之前 助理小叶 把
他的桌子收拾干净 把药放到小盒子里 瓶子里装上橘红色抗氧化的水 当时
的 OS 是 这是在 演电视么……后来小四来了 活蹦乱跳的 自信满满地说这

个稿子交给我吧 那个今天完成吧 然后开始噼里啪啦地打字 其间他像卫星一样 游荡在 工作室的每一个角落 下午 他有一个电话采访 回答的时候 我觉得他成熟多了 晚上 小四 痕痕 阿亮 我们四个去吃日本菜的时候 最世众仍在忙碌着

后来和小四在网上 聊天 讲买房的事 小四说 他准备在 恒隆附近 买套房子 以后把最世工作室搬到恒隆那边的 写字间里 生活 工作 买东西都很方便 当时就觉得 除非他以后换了主意 否则一定能办到 这本杂志也会 越办越好

[四]

《陪安东尼度过漫长岁月》的成功 是我们大家都没有料到的 读者的反馈 豆瓣网将近一个月的排名第一 不错的销量 这些都加强了我 写作的信心

.

寂寞与写作是并行的么 还是只是 平行 互相审视的关系

总之 会一直写下去 一定会 一直写下去

2008/12/20 『韩风炭火 烧烤』

亲爱的不二 人的一生会坐过 很多椅子 电影院 图书馆 理发厅 飞机上候车室 朋友家 家具城 公园 饭店 KTV 酒馆 厕所…… 但是我们不会睡 几张床

椅子很热情 通常两边有扶手 那姿势好像张开怀抱 等待 另一个身体 椅子又很体贴 它们有的可以调节高低 有的插电以后可以做按摩 冬天冷了 有自动加温的皮质沙发 夏天热了 有镂空的亚麻椅子 为了方便搬运 它们很轻 沉的话 甚至可以加上轱辘 可是 不二 即使这样 对大部分人来说 椅子 也只

是坐一坐而已 我一直 觉得 椅子很寂寞

人的一生 不会睡儿张床 不会随意地睡别人的床 也只会把自己喜欢的人 带到自己的床上 之前 有个电影 三更半夜 似乎还下着雨 郑秀文 在车来车往的大街上 拖着男朋友的床 因为她睡那个床垫睡得习惯了

床很呆板 也很难华丽 静静地在那里 似乎 对你不主动 也不拒绝

每　张 我拥有过的床 我都记得

很小的时候 家里住 四号楼 那时候 我上小学 那个床是木头的 比双人床还宽 四周有木柱 支撑上面的柜子 柜门上 有 似乎用烙铁烤出来的山水画 那个 床头有一个 蝴蝶形状的 茶色 玻璃灯 它的开关是一根线 拉一下 亮一盏 再拉 亮两盏 再拉就灭了 妈妈抱着我 在那个床上 照过一张照片 不知道 为什么 她不喜欢

后来 为了等新房 我们临时租了一个公寓 住了半年多 那个床是上一个房东留下来的 床板是白色的 很劣质的木头 又不平 床的右下角有塌陷 没有床头板 因为床和墙贴合得不好的原因 我的 walkman 和 杂志经常掉下去

再后来 我们 搬入新家 因为我高中和大学住校 一直住上铺 住得习惯了于是叫我爸给我买了双层床 那个床是橡木的 很沉 我睡上铺 下铺空着 上下铺之间有 很圆润的梯子 床头上 被我贴着 创可贴形状的 史努比粘贴 上面写着 "我很可爱 又很温柔" 有的时候 我姐来我家住 通常她先躺下 然后我爬上上铺 右手抓住床头 使劲伸手的话 刚好可以关灯 关灯以后 我们谁也看不到谁 就那样讲话 直到没有声音 说不清谁先睡着

千禧年时 我家里没人 旭来我家玩 我俩都想睡上铺 于是用垫子在屋里打了起来 后来半夜 我都睡了一觉以后 看着他 一脸坏笑地爬了上来

随着年龄的增长 我对床的要求越来越低 之前 只有在自己的床上才能睡好的我 现在 在临时住的酒店也能睡得很踏实

人们 坐在椅子上的时候 大多穿得很整齐利索 举止文雅 聪明伶俐 八面

玲珑 人们 躺在床上的时候 就很放松 我们在被窝里放屁 抓屁股 我们蜷着身子 披头散发 有的流着口水 有的打着呼噜 有的甚至没有喝多 却说出 言而由衷的话

如果 可能的话 我希望 做床 而不是 椅子 也许 当椅子会很甜蜜 又有很多次美好邂逅 可是 我更希望 有人挂念着我 当那个人 累的时候 最想回到我这里 然后 放下所有防备 心满意足地 睡着了

2008/12/24 『又是 一个人的圣诞节』

我是 很不喜欢圣诞——世界上 最不喜欢圣诞的 除了 火鸡 一定 还有我

希望迷路的时候 前方有车 可以让我跟随 冷的时候 有带着电热毯的被窝

拉肚子的 时候 就离家不远（且有 冲得干净 坐得舒服的坐便器）

寂寞的时候 知道你在爱我

困的时候 有 大段时间可以睡觉

不知道说什么的时候 你会温柔地看着我 笑我 词穷

不可爱的时候 会适可而止……

嗯 到底在想些什么呢

工作的时候 我和老板娘聊天 聊到我住的地方太热了 又没空调 我晚上几乎没法睡的时候 老板娘忽然说 那你搬到官邸住好了 反正现在就我自己偶尔住这里 你来了以后 我回家也算有个人照看这里 她说 我们这里吃的喝的都有 你也不用给钱 看到坏了的灯泡帮我换了就行

于是这样 24 日晚上 变身鹿男 明天搬家到官邸 到二月底才会找房子
圣诞快乐 并 新年快乐 并 过年好

2009/2/18 『live in a mansion』
住在官邸

[一]
有的时候 我觉得 自己活在别人的 生活里 感觉上 好像 不知不觉地 一点点地 脱离了 所谓的 自己的世界

[二]
一月末的时候 去了悉尼 来澳洲 快三年了 还是第一次去 悉尼
我之前 对悉尼的 印象总是不好 觉得节奏很快 人没有墨尔本的人 淳朴 公共交通工具服务差 消费又高

但这次的 悉尼之旅玩得很开心 临回墨尔本的前一天 在师傅家 接到 杰瑞的电话 他说 我上楼的时候 不小心撞到了脚趾头 喷出来很多血 脚趾盖也歪了 如果明天好些了 我就去接你 我说 好 get well soon

我和杰瑞 之前只是在网上断断续续地聊天 他是上海人 长得有点儿像五月天的阿信 话不多 狮子座 他曾经 邀请我来悉尼玩 他说 我家离机场很近 我可以开车去接你 三分钟就到了 我知道一个很 秘密的地方 看悉尼的夜景 很美 如果你来了 我可以带你去

下午五点的时候 我在师傅家客厅里 看卫星转播的 《星光大道》 电话忽然响了起来 杰瑞说 我已经在门外了 出来吧 我和师傅说再见 师傅从屋

子里跑出来 说是要看小帅哥 结果 杰瑞没有下车 师傅只是笑着和我点头说
车不错 车不错

杰瑞戴着 大小适中的黑色墨镜 他问我 饿不饿 我说不怎么饿 他说 那
好 那我们先去海边吧 途中我们很少讲话 杰瑞对我说 你和照片上一模一
样 只是鼻子上 多了一个包 我说之前本来是一个很小的包 结果前天 去 fish
market 吃了一大盘子龙虾 结果 第二天就成了这个样子 沉默了 一会儿我问
你的脚好点儿了么 他说 只是不能跑 走路或者开车什么的 都没有问题 我
顺着他踩油门的地方看去 包扎的样子 好像是 小脚趾头上 长了一个春卷

他问 你住在 墨尔本哪里 也是和朋友 合租的房子么
我说 不是 我住在官邸

[三]
十月的时候 我回国了一次 因为发生的一些事情 让我多少有些 怀疑自
己 心情很不好
看电影的时候 被装在塑料球里的 金丝熊对闪电狗 说 遇见你以后的 每
一秒 都是我人生的巅峰
我觉得 我人生巅峰的时刻 就是 每一次被你喜欢的时候 就好像 莫文蔚
歌词里唱的那样 过去我哪有 明眸烁烁闪耀 全靠我说 爱我 让我自觉紧要
十一月末的时候小野考试结束 准备回国住三个月 因为 暑假开始 学生
村很多的学生 都陆陆续续地 搬了出去 整个一层 也只有两三个人 因为 学
生村的人越来越少 管理员 关闭了 一半以上的 卫生间 浴室 和厨房 其中包
括我使用的几个 于是 每次做饭的时候 我都要 拿着我的厨具 跑到新楼做
饭 这样过了几天 我就厌倦了 于是 去超市买了很多的水果和沙拉 装满了
我的整个冰箱 实在饿了 就开车下山 吃麦当劳 或者 Subway

后来有天上班的时候 老板问我在家 都做什么吃 我说 我都不做饭 天天吃 raw food 后来 老板又听说 我住的地方很热 且没有空调 然后 她就和我说 安东尼啊 你干脆就搬来官邸住好了 也不用付房租 只是看到 哪里灯泡 坏了 你就把灯泡换换

我说 这样太添麻烦了 老板说 不会啊 这样你上班也方便 反正就我一个人在那里住

后来 在一个 气温高达四十多度的中午 我给老板打了电话 说 我想搬过去

[四]

官邸 建于 1874 年 是座有意大利风格的英式建筑 是第一批移民到 澳大利亚的英国伯爵克拉克的住处 它占地 1100 平方米 时过境迁 现在它已经成为 被澳洲政府所保护的历史文物之一 主要 用于 庆典 婚礼 和会议 二楼有 十多个 复古套房 对外开放 每天的费用 大概是 2000 元到 3000 元人民币 我在这个地方当厨师 工作了 已经一年多

我住在 官邸的一个 隔层里 这里 可以称作一个 密室 来官邸的陌生人绝对不会找到这个房间 整个房间都是 木头建造的 地上有 羊毛颜色的 长毛地毯 房间很简单 一个很大的 king size 双人床 一张书桌和一个古董皮质沙发

洗手间 被一道 木门隔开 抬头向上看的时候 是高高的 天井 白天的时候 阳光和微风肆无忌惮地 从上面下来

浴室的门 是铝合金 包裹的 打磨过的毛玻璃 分成三个长条 拉把手的时候 它们便一个一个 在各自轨道上 分开 变成一扇门 冷水和热水 分别由 墙上的两个龙头控制 蓬头 又圆又大 水量如暴雨一般充足

官邸 其实以前更大 大概占地 3300 平方米 不过现在 其余的部分被 改造成了一个 私立天主教中学 我的窗户正对着 一个 被教室包围着的 小型篮球场 因为是 假期的关系 整个学校都 显得很冷清

更远处是一个很大的牧场 因为天气炎热 草都变黄 零零散散的 有几头牛在上面 不时地发出 mer……mer……的叫声

[五]
天色开始变得 阴暗 车子的后面 有厚重黑色的乌云
杰瑞说 可能快要下雨了 他说 不知道 后面的云会不会赶上来 然后他用手指指了一下说 你看 我们去的那个地方 看起来 还是晴天

他摘下了 墨镜 说 这么暗还戴墨镜 就有点儿装 × 了 我笑了笑 他转头来看我说 你在墨尔本 朋友多么 我说 还好 可是有些毕业以后 选择回国了 有些 来悉尼读研究生 所以剩下的 不多 加上我 住得偏僻 大部分时候 都一个人在 官邸

等 红灯的时候 杰瑞说 那挺没劲的啊 很寂寞吧
我点头 发现他 没在看我 于是点头说 嗯

他说 那你多交一些朋友啊 朋友多了就好了 不过 你话太少了 你这样很难交朋友 不过也有人喜欢 安静的

他说 你也可以经常去 旅行啊 澳大利亚有很多好玩的地方 我的一些朋友 回国以前 就租一辆车 绕着 澳洲开 road trip 开到哪里就玩到哪里 我之前去过一次墨尔本 大洋路 那里很美 布里斯班也很漂亮 是田园风光 有一次我们开到一个田野 满地都是小黄花 然后我们躺到草地上 衣服被染了颜色

不过 很爽

这时候 又是 红灯 他的手臂伸直 握在方向盘 十点钟和两点钟的 位置上

不知道 为什么 我突然 伸过脑袋 咬了他的胳膊

他有些惊讶 又 装作镇定地看着我 笑说 这是你表达友好的方式么 你该不会是 澳洲土著吧

我有点儿 尴尬 看着他 不知道要说什么

[六]

第一天搬到 官邸的晚上 多少有些害怕 有一点点声音 我便竖起耳朵仔细听 晚上一点的时候 外面忽然有喷水的声音 我以为是下雨 跳下床 往窗外看 原来是 花坛里的 自动喷水

窗户外面 芙蓉树上的树熊 晚上会发出 人类睡觉时一样的 打呼噜的声音 早上 天棚上 发出 哗啦哗啦的 声响 是白色金刚鹦鹉在上面打架的声音

有的时候 老板不在 我一个人住 半夜被热醒 于是穿上短裤 光着身子在官邸里走 把所有灯都打开 一个人 坐在早茶室 打开空调 深夜里的三点一刻 坐在早茶室的藤椅上 只是坐着而已 手里 握着手机 按出了你的号码 这时候 你那里刚刚过 午夜 你应该还没睡 只是我想了一想 把手机翻了过去 放到桌子上 蓝色的喇叭向上 用八角杯喝瑞宾娜 觉得应该 想一些事 可是 所有的事都不往脑子里来 于是 坐了一会儿 又回去睡觉

因为 没有网络 我的生活 就成了 看电影 看书 打网球和工作 晚上 屋子里闷热的时候 会走到学校 翻过两米多高 贴着 不经允许不得入内的 告示的 学校游泳池栅栏 游泳池 比我想象的要深 在里面踩不到底 月光映在水面上 顺着涟漪 投射出一道道光亮波纹 有的时候 我平躺在游泳池里 伸展

四肢 把脑袋往水里仰 看天

星星很低 多而明亮 我找到 小野教我认识的 猎户星座 看到它由三颗闪亮星星组成的腰带 空气里有鸟和不知道名字的动物的叫声 这时候 我心里没有一丝害怕

有天晚上 官邸 来了 十几个欧洲人 我一个人 在厨房里工作 晚上十点左右 他们走了以后 我在厨房洗碗 老板走进来说 别洗了 到外边来坐一坐

长满常春藤的院子里 老板在喝红酒 我开了一瓶啤酒 倒在杯子里喝 我们有一句 没一句地聊天 老板说 客人们都吃得很满意 我喝第二瓶的时候就有一些醉了 直接对着瓶子喝 老板笑着说 你这样 更像澳洲人了 哈哈哈

我和老板说 我已经找到新的房子了 等二月底 我朋友从国内回来以后我就搬出去 是一个 三室一厅的 刚建好的新 townhouse

老板说 你走了以后 我一定会想你的 这房子太大了 你知道 我一个人住

后来 我和老板都喝高了 老板就开始 honey honey 地叫 她说 还记得 你第一次来这么 骑一辆自行车 英语又不怎么好 当时我说 我们不缺人 后来 过了几周 你又来 我就想 我一定要给这个男孩 一份工作

我就在那里笑 我说 对呀 对呀 那时候 我刚来 Sunbury 骑着自行车 到处找工作 能找到这份工作 真的是很幸运

老板 说了些 什么 有几个 单词 我没听懂 但是 听到她说 that's all mean to be （这些 都是命中注定的）

后来 到半夜 满桌子都是酒杯 我和老板 似乎反反复复地 对彼此 喊着 night night 摇摇晃晃地 回到各自的房间

[七]

大概一个半小时以后 我们到达了 目的地 是半山腰 杰瑞说 这里是 悉尼的最东边 你看 下边就是太平洋

　　山的那一边是 波涛汹涌的 礁石海岸线 海水是 蔚蓝的 打在礁石上以后 形成巨大的 白色泡沫 杰瑞 扶着海边的扶栏 踩在上面 小孩子一样地 探出 身子 大声喊 他说 每次来这里心情都很好

　　山的那一边 风平浪静 是悉尼的全景 能看到 整个 darling harbor 上面有 成群结队的帆船迎风起航 杰瑞说 今天是阴天 否则的话 这个时候 刚好落 日 整个海面都是金色的 天也是金色的 很好看 好看得刺眼

　　后来 我们来到山脚 在海边的沙滩 坐下 他拿出烟 问我抽不抽 我摇头 他熟练地 点上一支 看着远处 他说 其实这里也不错 如果有 喜欢的人在身 边的话 也蛮好的

　　我赞同地 点头

　　他 看看我 笑了一下 说 你挺奇怪的 不过很 高兴 认识你

　　我也是 我说 有机会 来墨尔本玩 那时候 我有了自己的房子 你可以住 我家

　　好呀 好呀 他说

[八]
这就是 2008 年底 到 2009 年初的夏天 我住在官邸
有的时候 看到心底的寂寥 也有 内心真实沉着的时刻

　　坐在官邸的 阳台上 看着云朵 在天空 随着风 快速流动 我开始想明白 一些事
　　原来 情感和思念 不会随着物理空间和时光更换而损坏 它们只是慢慢 败落

2009/2/19 『有独一无二 专属的特别 』
*明亮的 早茶室 有 坚硬的实木地板 走在上面有令人尴尬的 咯吱声

阳光 通过教堂门前的广场 涌了进来 角落里的 SONY CD player 没有放

偶尔 会趴在浆洗过的白色桌布上想你 空气里渐渐填满回忆的味道 手指在手机屏幕上 不知不觉地 调出了你的号码

点了 call 又 点了 cancel

亲爱的 总有一些时候 是 恬静的 恬静的

* 盥洗室的 地 由老旧的不同颜色的小瓷砖拼凑而成 讨喜的样子 抽水马桶坏掉 要冲 第二次 得等待 半天的时间 买了蓝色的 duck 牌洗涤剂 挂在马桶上面 每次冲洗时 会出现 丰盈的泡沫 早上起来上厕所 午睡起来上厕所 晚上三点左右 迷迷糊糊地 起来喝水 上厕所的时候 转过头 看镜子里 睡眼惺忪 疲倦的 自己

亲爱的 总有一些时候 是 寂寞的 寂寞的

* 宜家落地组装台灯 被我带到了 一个家 又一个家 每次搬家的时候 都会 把灯泡 卸下来 坐着搬家公司的卡车 手里握着灯泡 去下一个 栖息地 新房间里 有一张 扶手样式的 单人古董沙发 纯皮包裹的 圆润木头 没有想象中舒服 椅面很长 适合蹲在上面 打字 看电影 喝东西 经常 光着身子 蜷在上面 于是 好像长在椅子上一样 每次 鼓起勇气 去 上厕所 或者 出去吃饭的时候 就会有 分开时 沙 一下的声音 和 微小的钝痛感

亲爱的 总有一些时候 是 透明的 透明的

* 有的时候 我在房间里 躺着 不知道自己是醒着还是睡着 墙上的雄性鹿头和我有 奇妙的距离感 墨绿色的厚重英式窗纱 即使是白天 拉上去也会觉得像黑夜一样 并着屋子里摆放的旧 古董家具 总让我觉得 说不定哪天我起来以后 就会变成 一个带着伦敦口音 满脸皱纹 胡子花白 的 英国老头

亲爱的 总有一些时候 是 说不清的 说不清的

* 官邸里 只剩下我一个人的午后 在二楼的天井旁看 料理杂志

不知道名字的 娇弱花簇在 装满水的玻璃花瓶里 仍然枯萎

合上杂志以后 脑子里会冒出很多问题 为什么是我 为什么 我会在这里 为什么 我不在我的生活里

我做了 一个接着 一个的 自己以为对的决定

可是 最近我经常觉得懊恼 我住的地方太大了 我总是一个人 吃饭 睡觉 自言自语

亲爱的 最近 总有些时候 我在想 我所害怕的是 即使我使尽全力 用最快的速度一直跑 一直跑 也到不了你那里

2009/2/20『其实 我一直相信 等你出现的时候 我就知道 是你 』

因为 新的学期即将开始 朋友 都从国内陆陆续续地回来 我也 一点点地恢复了元气

可能压抑得太久 昨天 一天就给那那 打了六个电话 小野周末回来 我俩要开始 崭新的 "同居" 生活

和大龙一起吃饭 之后在墨大校园里走

欧文要从阿德莱德过来 我们看 coldplay 演唱会

萌萌考试顺利通过 两个人讲电话到半夜 手机没电 萌萌在那边 讲述过年时的耍彪经历 还用日语说 "保养品里 资生堂最好" 我说 我开始用 兰蔻高端产品 吃葡萄籽颗粒 她问 你现在用高端 老了咋办 我说 老了就打 肉毒杆菌 玻尿酸

Zell 回墨尔本读研究生

官邸最近好多 booking 会是繁忙的一年

在街上和 echo 偶遇 不知道是墨尔本太小 还是我俩真的 是缘分羁绊 这样也能遇到 在那一个绿灯 一个人行横道的长度 我一下子体会到了 心中涌现出的 大概十多种的 不一样的感受

我开始和 floor manager 辛迪一起健身 她当我的 personal trainer 我说 每长 五公斤 就给她 100 块 她笑

墨尔本 大火 其中几个地方 离我这里蛮近 谢谢其间朋友们的关心和挂念 真的很可怕 死了好多人 这边的人都在捐钱 我捐了两箱子衣服

2009 年会是很好的一年 搬到了新家 完成专业课的理论部分 如果顺利的话 下半年开始实习 七月末应该会去日本

希望 爸爸妈妈身体健康 朋友们 再接再厉

嗯 这样

P.S. 日剧 美剧 港台剧 电影 连续剧 加到一起 *Friends*（《老友记》）最大 我想 去机场 工作 每天都能 看飞机

2009/2/25 『阳台上 参差不齐的小板凳 』

昨天 晚上 你我他 我们三个 一起聊天

断断续续听着你的声音

大概十年都要过去了 十五岁的时候遇到你 现在 我都要过二十五岁生日了

这么久 这么久 以后

亲爱的 我发现 我还是 吃你这套

还真是愚笨 嘿

2009/3/8 『他来 看我的演唱会』

开学 两周 新家很舒适

看了 coldplay 演唱会 本来打算 *Yellow* 或者 *The Scientist* 或者 *Fix You* 唱 首我就圆满

没想到 都唱了 当时的心情就是 割耳朵也不知道疼了

当 全场的 黄色灯光亮起 前奏开始的时候 身体控制不住地颤抖 需要调节呼吸 和 用力击掌才不会 被旁边人发觉

在 我喜欢的 band 身边 和一群喜欢他们的人 一起 唱 他们的歌 觉得很幸福

P.S. 我很喜欢 will

师傅 那那 欧文 我 我们四个去悉尼旅行

租了车 去了 庙里和海边

在朋友身边真好 没想那么多 没有什么好说 反正就是开心

P.S. 四个人里面只有我和欧文能驾车 所以理所应当地 由他来开车 后来我们开车去卧龙岗寺院的时候 四个人都很累了 欧文开着开着说头痛恶心 这时候剩下我们三个 都已经昏昏欲睡了 我打起精神看了下 说那我来开好了 欧文问 你确定么 我说没事 反正我也睡了一觉了 再说高速公路而已 就往前开呗

然后欧文把车停在了路边 我们交换了位置 结果自从我坐上驾驶员位置 大家都不困了

2009/3/15 『大人爱科学』

我很喜欢 蔡琴的声音 最喜欢的一首歌是《给电影人的情书》

最多的时候 一天会听个几百次

大龙说 我这个年纪 喜欢 蔡琴很奇怪 我也觉得很奇怪 我妈妈那个年纪的人 应该比较喜欢她才对

蔡琴 四月 我生日那天 来墨尔本开演唱会 我在想 我要不要去 跨向二十五岁的 生日 和 蔡琴小姐一起过

crown 那个 场子很小 如果 她只唱 七八十年代的老歌 我一定会 站起来和她喊 让她唱《给电影人的情书》

她这么爱 唱歌的人 一定会唱

"你苦苦地追求永恒 / 生活却颠簸无常遗憾 / 你傻傻地追求完美 / 却一直给误会给伤害给放弃给责备"

今天吃饭以后 我们一家三个人 搬着椅子 去院子里看星星 小野给 Jing 小朋友讲 猎户星座怎么看

我平躺在那里 看星星一闪一闪

昨天暴风雨 我的房间漏水 >< 新买的床垫子湿透了 羊毛被子湿透了 花了几千块买的床单也湿透了

赶快给房东打电话 结果房东顶着雨 上去给我修 弄得我本来很不爽 结果也不好意思和他理论 后来房东问我 是否需要他赔我床垫子 我的床垫子刚买的 三千多块 没睡几天就湿透了 心里不是 滋味 可是被他那么一问 我又不好意思 就说 我晒晒看吧……

白羊座 就是 给人感觉似乎 不吃亏 自我为中心那种 其实关键时刻宁愿

自己吃亏 也让别人开心 追求 peace 的 高尚星座

2009/3/22 『see you soon』
打上去 然后 删除 打上去 然后删除 打上去 然后 又删除
不清楚 自己在想什么 不知道什么该说

想 和你一起 真的

2009/4/10 『快生日了』
　　其实 我有一些 懊恼 那天你问我的 简单英文单词 我没有 拼上来 五个
月都过去了 大雨也下了好几场 这样的早上 我又开始耿耿于怀
　　昨天 在 city 睡 早上起来去 flinder 对面的胡同吃早饭 要了三个蛋的 澳
姆雷特 抬头时 看到 写菜单黑板上的 饭店名字 quarter 快要过二十五岁生
日的我 当时 觉得 很应景

　　没有不开心 来澳洲 这三年 今年算是 玩得最爽的 一年了
　　可是 会感觉 这样 急急忙忙 被人簇拥着 或者 自己情愿 不情愿地往前
走着的时候 有些什么东西丢掉了
　　我不抽烟 有的时候 蹲在 院子里点一根 想想 什么东西丢了呢 也没有
头绪

　　等我 想到了 就来告诉你们

2009/4/14 『just not my cup of tea』

昨天和小野同学 兴起 跑到附近操场打篮球 我上去 抢球的时候 小野 一个转身过人 撞到我下巴

然后 我一吐一口血

他很紧张地上来问我要不要紧 我摇手说没事 只见他 一脸愧疚 我含含糊糊地说 都怪你 长得太矮了 ……小野同学 怒了 看样子 想再撞我下 ＞＜

晚上回家 吃饭 觉得 嘴里别扭 用手指进去抠 ……结果 抠出了一颗牙 orz

其实 是之前有颗蛀牙 出国前 在国内做了填充 不过 因为可能 三年的保质期过了 加上 今天这么一撞 就掉了 然后 整个 蚀牙 成了一个 盆地 加上 左边一个 之前变成渣的填充 再加上 底下一个 窟窿 现在 讲话 满嘴都是风 口气异常清新 ……

因为我 现在 不用学生签证 所以 没买医疗保险（因为 double charge） 就打电话 给我妈 父母大人 拨给我 ××××× 元治牙 因为我们都听说 国外治牙很贵 爹地说 牙齿的事 不能含糊

今天早上 越想越不是 滋味 想说 干脆去补办一个学生签证好了

去 city 的时候 路过 医疗保险公司 medibank 就进去想问问说 如果有了保险 会 cover 多少

我一坐下去 那女生 就要我的护照 她输入了一些信息进电脑 然后说 你健康卡过期了 要补办么

我心里的 OS 是 what 难道你没看到我学生签证都过期了 然后 抓住这个机会说 我要补办 补办一年！结果 我按照 学生的 rate 交了钱 才 五百多澳币一年

然后 我说 这个 cover 牙齿么 她笑容可掬 说 不 又说 不过可以格外加一个 牙齿的保险 每个月 20 元 有了这个保险 洗牙 检查牙 补牙都是免费的

我当时就 high 了 我说 我今天买保险 明天去看牙 这样也可以

她说 行啊 你今天去也行

后来 我开开心心地 拿着我的 医疗保险 走了出来

临走前 我给她 鞠了一个 九十度的躬
一来 我是 真心感谢她
二来 如果 她们将来发现自己弄错了 让我占了便宜 我希望 她们以为我
是 日本人 ＞＜
（这个不是 什么好的 榜样 大家不要向我学习 大家要向雷锋学习）

2009/4/15 『走的时候 记得说 爱我』
想看《夏目友人帐》……
"守护着我的人儿啊 我把名字还给 你们吧"
看到 这句就想 既然 我对你 已经成了 可有可无的人了 为什么 不把名
字还给我呢
早上起来 躺在床上 想了半个小时 决定打电话 把今天看牙的预约 移到
明天…… 好吧 我就是 很没种 怎样……摊手
等一下去修车 VW Passt 2.8 v6 就是个 喝油的机器 每个月 油钱 比我
的牛奶钱都多……没办法 谁叫人家跑得比咱快 要做年度检测 又要换 刹车
片…… 妈的 等老子回国 天天打车

去你 × 的 超速罚单
去你 × 的 养路费
去你 × 的 停车入位
去你 × 的 壳牌 v power

2009/4/19 『他说 他要买个缝纫机做衣服』
填牙的时候 小帅哥 医生说 填牙是 小事 关键 你要拔掉两颗智齿

原来 我有四颗智齿……（也 没见有多聪明 奶奶的 长那么多 多余牙齿
有本事 给我长肉啊）
上面的 两颗牙齿是 横着长的 影响了正常的牙齿发育 而且 因为 非常
靠内 属于郊区 很难像 市中心的 牙齿那样保持清洁 加上 底下 没有与它 对
应的 咬合牙齿 更是 长得无法无天

小帅哥说 要拔 我想也没想 就说 好啊

结果 一个小时内 洗了 AB 区的牙齿 填了一个大洞 又拔了 两颗智
齿……小帅哥 对我说 好样的
因为 我 这一次预约 做了别人 要分三次做的事

整个 过程 没有很疼 小帅哥牙医很温柔 电钻的声响没有很大 而且 又
有 小护士 在一旁拿着管子吸我的口水和血 所以 不用一直吐一直吐 也没
有很尴尬

本来 我一直都是很开心地在接受治疗 可是 最后 当我 起身 看到 台面
上 两颗 长长的 有点发黄的光滑智齿的时候 忽然 觉得 惆怅了 嗯 突然 觉
得 好失落……

牙医问我怎么了 为什么 看起来 没了精神 我说 没事没事
最后 护士 把我的智齿 包起来 拿走了

那时候 我嘴里 咬着 两块 堵血的棉花 所以 不能说话 其实 我想说 我要

留住 我的那两颗智齿

　　我想 回家把它洗干净 打磨得很白以后 送给你 至于 为什么 会有这个 举动 我也说不清 嗯 我就是 经常做一些 自己也很难解释的事 可是 我会说 这是 陪伴我很久很久的 牙齿哦 在我 喜欢你的 那些日子里

　　我想 你一定会 觉得我奇怪 然后 骂我傻

　　然后 你会把它 收起来

　　其实 我也没有很在意 你是否 会把它保存好……不知道在说些什么

　　晚上 回家 小野说 快点儿去写点东西 看看灵感还在不……我说 和拔牙 有什么关系 灵感早没了 否则 长篇 也不会 拖这么久

　　为了 犒劳自己的勇敢 买了一瓶新香水 在 Myer 有法国气质的瘦女生 给我推荐了几款 香水 我都不喜欢 她忽然 眼睛一亮 说 I know which one suits you

　　Gucci Pour Homme II 闻了一下当场买下 像我这种 用香水 不见光的 人 这几天 白天也用了 可见 我对它的喜爱程度 怎么说呢 是一种 不霸道 的 干净的 安静的 不张扬的 小学时候 学校地摊上 五分钱一袋的 无花果 干的 味道

　　哇 拔了牙以后 可以写 这么多日志……思如泉涌 说不定是 解除了 封 印也不一定

　　长篇 指日可待啦

　　2009/4/29 『 age defense hydrator 』
　　真的 开始变冷了 下午送小野 上班的时候 小野说 空气里 已经是 冬天

的味道了 好想家啊

晚上 回家的时候 在火车站 等 vline 把下巴 塞到衣服里 心里想 what the hell...

最近 认识了很多人 生活 没有什么改变

今天 买了一套 塔罗牌 欧洲的 总是觉得 牌面做得太正式 不好沟通 但是 占卜起来的客观性 应该不错 第一次 用了一张牌 占卜

结果是 皇帝 的正位 皇帝于我 应该不是 操控的意思 因为我就是占有欲强 控制欲弱 的性格

我觉得是说 生命中有贵人出现 会变成自己想要的人 和 晋升 总之就是不错

今天 收到 政府退税 900$ hiahia 和大龙 洗温泉的时候 买了 万花筒 有的时候 在床上 盯着看 旋转 旋转 一看看好久 有点儿恶心

K 发消息来说 keep warm honey 很容易的 因为字面上的内容 感动

看完了《有你我不怕》 看到一半的时候 激动得 都要捶胸了 写得真的太好了

可是 看到后一半 就有点儿失望 不过 还是好书

我家 女生 Jing 说 我对女生的幻想 太不现实 以至于 我一直不擅长 维护 男女关系 我觉得 有点儿道理

想趁着冬天 长肉（真的 只要是肉就行 肥肉也行） 所以 一天到晚不停地吃 刚才 小野过来 看到我 说 靠 你又在吃

我就想说 如果 这么吃 都不胖 我估计就是 甲亢了

Jing 同学那么瘦 也吵吵着减肥 经过她的描述 我总结 她是 胖哪儿先胖

脸 减哪儿先减胸 ><

2009/5/11 『用勺子吃火龙果』
和小德国 Dom 一起在线 写论文 他开始抱怨他的小台湾男友
My bf just msged me.
He's being a bit impatience. 他说

我笑 说 这就是 作为 男朋友的特权啊

他 想了想
haha queeny 他接着说

不禁感叹 语言真的很 奇妙

小德国后来又说 queeny but sweet

当时 我对他笑了笑

恋爱中的人 在哪里都一样

2009/5/15 『原来《新闻联播》是填空题啊』
萌萌 生日快乐 每次和你讲电话 我都很开心 再过个 三四年 我们就 认
识 二十年喽 中国也不过建国六十年吧

前几天 我开车去 学校 车停在停车场以后 没关灯 我就和小野赶 vline

去了 结果晚上放学回来 一看 shit 车启动不了了…… 还好我有 RACV 的 road service 一个电话过去 十分钟后 一个壮汉开了一辆黄色卡车来了 连了线 启动了下就好了 我说谢谢 他说 no worries mate 但是半小时内不要熄火

后来就开始下雨 我和小野 Jing 都很饿 回家以后 我们准备出门吃鸡肉 这时候 来了两个女的 一个瘦高 一个矮胖 她们说 她们是代表国家能源局 的 要来 看看我们的账单 因为当时 已经天黑 又冷 又下雨 我就把她们请 到家里 她们 看了我家的电和煤气的单子以后说 你家签的这个公司是最贵 的 然后 她们拿出了夹子 说要给我推荐一个公司 那个公司很便宜 当时我 就机警地察觉 这两个人是 托儿 我就说嘛 国家能源局 大晚上像落汤鸡一 样来人家家里 还有点儿脚臭 根本不像

然后 我就说 我不想换 觉得麻烦 这时候 我家小朋友们 已经饿得不行 了 我也饿 可是 这两个女人 咬着我不放 问我为什么不换 我就开始随便找 借口 我说 反正我们是学生 用不了多少电 结果那女的说 你家在你们小区 算是 用电第一大户了 我 orz 我就说 反正我就不想换 然后 那两个女的和我 磨磨叽叽的 老子会的这点英文单词 几乎都用上了 后来我差点儿失去理智 拍桌子 大喊 We don't care, we are very rich...just let us go.

最后 这两个女人终于放弃了 留下了她们的名片走了 走的时候 还留 狠 话 Enjoy your extraordinary extraordinary bill.

我当时心里的 OS 是 We will! Put on your shoes, cover your extraordinary stink feet...

基本上 每天早上都在赶时间 最近 买了一个 egg cooker 喜欢得不得了 天天吃水煮蛋 快要变成 eggholic 了

昨天早上起来得晚 煮上两个鸡蛋开始刷牙 后来 看到时间来不及了 还 没煮好就把鸡蛋拿出来吃 第一个 扒皮以后 放到嘴里 差点儿吐出来 里面

根本没熟 然后 我就把第二个扒皮以后 放到微波炉里 30 秒 拿出来以后 一摸是硬的 心想熟了

　　然后 我就握着那个蛋 到卧室 准备一边装包一边吃 结果一咬 那鸡蛋整个一小型炸弹一样 bang 的一声 爆炸开来 地上 脸上 头发上 桌了上 床上 到处是 鸡蛋黄 鸡蛋清

　　我的嘴唇 烫伤 起了一个水泡……亲爱的朋友们 千万不要用 微波炉热鸡蛋哦

　　然后 嘴唇就开始脱皮 加上 我最近洗牙和 filling 以后 刷牙上瘾 用强转数的电动牙刷也要刷个四分钟左右 所以 牙龈整个也在 脱皮 >< 惨不忍睹

　　五月天 就要来了 欧文同学冒着期末考和雅思的双重危险 来猫本和我会师

2009/5/23 『他给树挠痒痒 还和我说 你看 它动了』

　　与河童 林小炫同学 一见如故 产生深深的共鸣 尽管我不是 学术派 可是也想和你一起 携手并进 成为淡水界的 A 咖 ><

　　另 如果 找到了 "热的 是心" 的人 我一定 满脸笑容地吃一根 苦瓜

　　大家一定要 看看 林小炫同学 六月杂志上的《离骚》

　　这小家伙 就是 一个 河童 是河童 学院派 就是 不一样 能说出

　　"人在时间面前太无力，所有一切无所挽留，相机的发明像一个任性的挑衅，成形的是过往的尸骸"

　　总之 五体投地

2009/6/1 『明明澳洲英国都不过 却叫国际儿童节』

你看 你根本没有 像爱他那么认真地 去恨他 没有像 勾引他 那么费尽心机地 忘记他

还 口口声声 让人家 自生自灭 多幽默

2009/6/3 『光明消失了 蒙牛换包装』

去听你 唱歌 和那么多喜欢你的人一起 因为下过雨 很冷 于是穿了 背心 穿了卫衣 又穿了羽绒服 站在 大概离你 20 米的地方 听你唱歌

这么近 也没有什么代入感 即使大声跟着你唱歌 跟你一起跳 陪你一起笑 还是没有 旁边 一再有 女生尖声 叫你的名字 眼见的是 前后摆动 或左右摇晃的 蓝色荧光棒 此时此刻 耳朵里 不是你此时此刻的声音 眼睛里 不是此时此刻的画面

听见的声音是 1999 年以后 到 2009 年以来 一次次打开 CD 机 放入草绿色 黑色 白色的 CD 按下三角键以后的声音 是从 20G 的随身播放器 不断翻转 找到五月天以后按了的 play 键 是从 拥抱到放肆

脑子是 在寒冷冬天里 脚指头被冻得痒痒的 走了一个个音像店 找那张正版的 《时光机》 专辑 是 2006 年冬天 和欧文期末考试刚结束 跑到图书馆 考试以后 大家都回家的回家 出去玩的出去玩 我和欧文 特意买了两个鞋套 去了电脑室 找了个角落 看 你们刚刚的 北京工体演唱会 音响不敢开很大 我们也看得津津有味 冠佑求婚的时候 我们就一起哭 尴尬 并感动着

有的时候 非常非常地失落 有的时候 非常非常地难过 有的时候 非常非常地迷惑 人人都一样 连 妈妈都说有的时候 觉得 好寂寞啊……然后 我觉得 我的这些心情 都被你了解了 然后 陪你唱 《憨人》 唱 《孙悟空》 唱 《雌雄同体》 唱 《为爱而生》 唱 《笑忘歌》 唱 《放肆》

你问 让五月天 陪你 好不好 你说 五月天 一定 陪你走到 出头那天 的 那

一天 不会消失 不会离开……

在人群里 后来热了 脱了外套 和 卫衣 穿着背心 没有怎么拍照 也没有往前拥 只是在 位子上 看着你们 想将这一刻 印入脑海 保存完整

谢谢你们 我会喜欢你们 一年 再 一年 再 一年

只要我还年轻 我就会一直喜欢你们 我就要 和你们一起唱我们的歌

看了演唱会 以后 忽然 觉得人生没有了 方向 傍晚时候 在窗前 看着下面的城市 在那里 站了很久

在 心里想着 这就是我的人生么 这就是我的人生么 这就是 我的人生么

2009/6/10 『I'm never naughty just for the sake of it though 』
原来 治愈系的 家用电器 不是 电风扇 而是 电褥子

每一年的这个时节又到来 从心里面觉得 认识 那么多北半球的朋友 真不爽 大家都在喊热 吃西瓜

而我 窝在家 捧着 eee pc 上床以后就 再也不下来 把 水杯 巧克力 饼干 纸抽 什么的都放床头 一切生活用品 都要放到 触手可及的地方 上厕所以后 就可以 心安理得地 上床啦

于是从 晚上十二点 一直到 次日 下午 四点都没下床 开着电褥子 暖和和的 把 被子 围了一圈又一圈 和 河童在 MSN 上说 我现在 又饿 又想上厕所 河童说 那你就去上啊 我说 冷 不想离开电褥子

一个小时后 河童说 我要上课去啦 我说 去吧 我要尿床啦

看来 考试以后 我真得 计划一下 回国 穿着 背心裤衩 剪个短发 把 无情寒冷的 猫本冬天 甩在背后

P.S. 小德国 每次说起 小台湾 就一脸幸福状 弄得我 好不是滋味

2009/6/11 『有时候 我也挺喜欢吃 subway 的』

早上 十点左右电话响了 因为电话在旁边的桌子上 要挪身子 伸手才能拿到 于是任凭它响着 响了好久来了个 语音信息

一点左右起床 拨到语音信箱 老板娘 兴高采烈地 在 电话那头说

宝贝 今天干吗 你想不想 上电视啊 有人来我们官邸拍电影 快给我回电话

我把这留言 反复放了几遍 觉得 老板娘好可爱 总是 情绪高涨的样子 我就不行 tone 很低

2009/6/17 『harrods 对我没什么吸引 其实』

Emm…可能要回国 新航的日本机票 因为当时买的特价票 不能改签 不能退票

估计 也就 只能作废了 ……还好 澳航 北京走香港 才 900 元左右 旁敲侧击地 抚慰了我

连续三天去 健身……不做 卡路里 只做 weight 我只做旁边老外一半的重量 但是倒数五个 还是 得伴随 很妙又纠结的叫声 才能完成 心里的 OS 就是 老子 gym 的时候 你们都别来

果然 经常游泳 SPA 皮肤就会很滑 晚上睡觉 手掌摸肚皮 左脚贴右腿 滑到 失眠了……＞＜

Ed 经常说 you are sooooo sweet 我就在想 我是有 多甜 还是我 只是油嘴滑舌

总之 周日见面 希望一切顺利 毕竟 狮子座于我 意义重大 忍不住想要把 名字文给他

就好像《夏日友人帐》里 妖怪见了 灵子 斑 遇到 夏目吧

这样

P.S. 又憋尿 写口记 安东尼 同学 这样很不好～

2009/6/18 『一路上有你 苦一点儿也愿意』

随口 说出 你变了的人 真的很不负责 女歌手 出专辑 有人洋洋洒洒 宣泄你变了 男作家 新书上市 有人伶牙俐齿 叫嚣你变了 嗯 就是变了 怎么了吧？ 细胞每时每刻都在消亡再生 你双目凝视 看着他的这三秒 他也在变啊

难道 非要 月圆之夜 变成狼人 扣子都崩掉 露出大胸肌 才算变？ 我觉得 喜欢的时候 要大声说出来 至于 你觉得他变了 所以不爱了 那就放在心里吧

大声说 我爱你 就如《灌篮高手》般 很好很青春 大声说 我不爱你 就有点儿 很傻很天真了 爱不爱他 是你的自由 变不变 由不得他

所以就 gogogo 变变变 好了 嗯

这样 我变了 那你呢？

(……刚刚 看到一 评论 想到的)

下面是 我和 J 的对话

J：How is things? What's news?

A：Not much. you? How was the date with those guys?

J：Still dating them.

A：Them? ...you such a jerk.

J：Haha. Well I try b4 I buy.

想问的是 买东西的时候 也是 这个试过了 再试下一个的吧

2009/6/21 『其实 时间过得非常地快』

又是 阴天……

早上起来 去 Jing 同学那里 蹭饭吃 在冰箱里 翻 又跑到正在煮粥的 Jing 同学身边 "给我点儿吃呗"

现在 捧着碗 蹲椅子上 更新 碗里是 水煮蛋一个 鸡肝若干 还有疙瘩汤 把三样东西放 碗里 微波炉一热 越吃越觉得是 猫粮

恋爱中的 兔崽子 很不像白羊 变得 患得患失

为什么 不回我短信 为什么 不接我电话 呼吸 乱了节拍 深深深呼吸 又 屏住呼吸 又 忘记呼吸

果然是 听到你的声音就想贴你的胸 知道你病了 就想进厨房熬汤

爱的时候 就不知道什么是 自我保护 血肉淋漓的莽撞 才是我 爱的方式

明明是 男生 也 说出 "请 一定要好好爱我"这样的话 真的是……

说出来 就立刻后悔 然后 MSN 上遁形 遁形后又后悔 怕小动物在那里 失落 怕我把小动物吓到了

然后又 log on……

我承认 这些蝇头小事 我没脸在 space 上更新

还好 有豆瓣日志 这么平易近人

2009/6/26 『他的写字台上 有三棵向日葵』

我很想把赚来的钱做一些投资 比如国债 期货 证券 但是同时又觉得那是一个我完全不了解的世界 所以就一直老老实实地赚工资 存银行 花工资

2009/6/30 『我有牛奶和啤酒』

典型 喜聚不喜散的个性 分别的时候内心就会满是失落 又怕别人看出 所以每每说完再见 便立刻转身 大步走开

十步以后便会转身 期待对方还在原地等待 或者 对方恰好这个时候也回头

然后两人回到原地 再一次道别

可是这样的事 都没有发生过

每次 发生的是 当我转身的时候 驻足原地 看那人越行越远 直到消失在视线里 才离开

最近很容易饿 晚上 先和 Eric 吃的大号过桥米线 然后遇到小野 又和他吃的韩国料理 吃了两碗米饭 好多菜 还喝了很多鸡汤

从饭店走出来的时候 觉得 胃口好难受 很想吐 小野说 你就吐出来吧会舒服点儿 我说不 我要留在胃里 用来长肉

以大字形 躺在 vline 上 回到家以后 看了《变形金刚 2》 以后 我又饿了……吃了一板儿巧克力 和 一盒饼干

2009/7/2 『我和你 男和女 都逃不过爱情』

晚上 看 04/05 menswear autumn/winter show 两个小时左右的 DVD

GUCCI 的秀 干吗两边弄几个俊男美女跳钢管 弄得眼花缭乱 手上又是烟 又是酒的 坏坏的

VALENTINO 这牌子 很高端 那衣服不适合 矮个子 和 瘦子穿 但是还是好看 好好个牌子 在中国混到这个下场……摊手

PRADA 的男模 头发好萌

Vivienne Westwood 的衣服穿不到大街上 领带宽 袖口也宽……

TRUSSARDI 原来上海 有卖……

Ralph Lauren 颜色真可口 可惜衣服不修身 穿不了 模特身上的衣服 都是用别针别出来的

总之 模特真的是 奇怪的生物 脸臭臭的 好看 笑眯眯的 也好看 可以走得飞快 可以溜溜达达 可以外八字 可以罗圈腿 跛的跛的 摇晃摇晃 好想和他们做朋友＞＜

昨天 开车去 city 貌似没有闯红灯 但是 十字路口 往右转的时候 还是造成小范围交通堵塞 还好不是开破车 否则我更慌张

2009/7/4 『喝什么饮料都要加冰』
2009-07-04 00:36:43
████████ A 说 (2:24):
我喜欢你

下列讯息无法传送给所有收讯者：
我喜欢你

████████ A 说 (2:24):
我喜欢你

下列讯息无法传送给所有收讯者：
我喜欢你

███████ A 说 (2:24):
从 初中 开始就喜欢你

下列讯息无法传送给所有收讯者：
从 初中 开始就喜欢你

███████ A 说 (2:24):
十几年后 我终于 接受 我们无法在一起的事实

下列讯息无法传送给所有收讯者：
十几年后 我终于 接受 我们无法在一起的事实

███████ A 说 (2:30):
我想 开始喜欢别人了

下列讯息无法传送给所有收讯者：
我想 开始喜欢别人了

███████ A 说 (2:30):
可是 我担心 我不喜欢 不再喜欢你的自己

下列讯息无法传送给所有收讯者：
可是 我担心 我不喜欢 不再喜欢你的自己

2009/7/5 『直立式空调 忽然就变得很冷』

今天 上午上班 一进办公室 老板娘就 笑着对我说 hi sunshine 当时心里就乐开了花 后来她说什么 基本没怎么听进去

自从 我家新大厨 内森 去了黄金海岸 店里就是我一个人 挑大梁 店里的女孩 一边沏茶一边和我说 Anthony, so you are the chef now 我说 no no

今天 二十七个橄榄球运动员 来吃午饭 老板娘不知道是因为怕人手不够 还是 闲得没事 跑到厨房来帮忙……结果越帮越忙 been bossy around 而且 质疑我的烹饪

做 红酒 sauce 的时候 她说不够 我说够了 那些四十个人都够了 她非说要加水 烤肉的时候 她说 不要放大蒜 我做奶黄酱 她又说 那个不着急 做荷兰豆玉米的时候 她又说 放了太多黄油……

后来我就有点儿不爽 老板娘 看出来了 过来和我说 You don't like cooking with me, don't you?

我点头 然后 老板娘大笑 说 Honey, I just trying to help. That's all.

就这样打打闹闹的 最后 客人们都吃得很爽 告诉服务员说 向厨师致敬 还给了几百块小费 我总算 松了口气 老板娘拍我的肩说 I am proud of you.

我说 谢谢你帮忙 老板娘说了句话 我不知道怎么拼 类似于 "屁咧 说得好听" 然后我俩一起笑

嗯 明天和 echo 吃饭 讨论绘本的事

后天 请老板吃饭 我问老板娘 你要吃什么 她笑着说 Whatever baby, as long as it is expensive.

她还说 咱俩都别开车了 这样咱俩都能喝酒 等我把你灌醉了 你就能错过飞机 我可不想官邸 一个月时间 一个大厨都没有 我笑说 you wish

然后 周三我就要飞回家啦 飞机在新加坡 停几个小时 9 号到北京

如果 没有被隔离的话 我会参加公司 14 号白天的活动

挺期待 北京之行 可以见朋友 看演唱会 吃好吃的 还可以走红毯 嘿嘿

发短信给 认识了二年的 理发师 Davy 说 I need a super handsome hair cut... 他回消息说 lol……

这次回家 我有点儿不舍得 小野和 J 我们本来说好要去新西兰滑雪的 这样我一走 把他俩留在了冬天 不过 我房租水电煤网费都照交 不知道 这样会不会觉得我也在家一样

哦 TOTO 可能来主卧房间 这样会好一点儿……我把车钥匙留给小野 我说没事 你就开车去上班 或者去超市买东西 他说 你只买了第三方保险 我才不开 ＞＜

本来 机票买的是去日本 可是由于流感 加上 日本旅游签证的门槛抬高 所以 这次才临时决定改签机票回国

发邮件给旭说 今年我不去 日本了 签证办不下来

旭回消息说 嗯 ……然后问了我一些其他的问题

心思一直停留在 这个 "嗯"上 是失落的 嗯 还是可有可无的 嗯 是欲说还休的 嗯 还是仅仅是 嗯 我知道了

明明知道 自己已经 move on 但是又很明了 后会有期的感觉 也不错

嗯 我要回来了 See you soon.

2009/7/9 『之前的那些磁带 扔了不舍得 留着又不听』

把账户里的钱 花到了个位数 想吃肉想得 眼睛绿了

厚脸皮打电话给那那说 我要回国了 赶快抓紧时间 请我吃饭

结果 我忘记了带手机 因为 具体时间没有定好 所以到了 city 以后 我就想 听天由命吧

在约定地点 等了十分钟 还是没人出现 狗急跳墙 后来 我跑到 Chinatown 去上网 上 QQ 看到小野在

激动地发信息说 小野 我需要你！！！！！

小野拿了我的手机说 一堆未接来电……后来他给那那打了电话 定了时间地点

我看到那那的时候 有点心虚 Fang 说 手机都不带 服了你了 那那没有责备 还 一脸 我早就习惯了的无所谓表情 让我 很默默

棒子国的烤肉 真好吃 烤肉就是要用 炭火嘛 就是要有美少年 在一旁服务嘛 hiahia

在回去的火车上 我可能因为吃得太多 困得不行 上车拿出书看了几行 就倚在窗上睡了 不知道 过了多久 隐隐约约觉得有人摸我的膝盖和大腿

我醒了 一看 是一个 五岁左右的 长发小黄毛 他的眼睛是一种很纯粹的蓝色 头发软软的 不知道当时我是什么表情 反正内心是在咆哮 太可爱啦！！！！！！！！！！！ ＞＜

看到我醒了 他把手 缩回去 后来 他把头从沙发空里 钻过来 和我讲话当时我不知道要回答什么 整个一脸红

听到他爸爸说 不要那样 人家在睡觉 不要打扰人家 我 坐直了身子 看到坐在前面对面的爸爸 和他尴尬地 笑了笑 不知道说什么

可是小黄毛 不听他爸的话 好像逗我一样 一会儿左边 一会儿右边地 探出头 对我笑 我笑得尴尬 不知道要看哪里 后来 他妈妈看不下去 把他抱了过去

下车的时候 路过车窗 他们全家四五个人 都在里面和我 挥手再见 那个小黄毛 睡着了

2009/7/10 『瑞金医院 卢湾分院』
新加坡航空公司 吃的没有我想象的那么好 但是服务不错 机械化笑容的空中小姐 笑得很真诚 我喜欢座子下边的 踩脚板

在新加坡机场 想买一个领结 结果没有买到 吃了 味千拉面 有免费的网络服务很不错 电梯速度快 真的很赞

我已经在北京了 机场的监测没有我想的那么严格 测个体温就好 在新加坡上飞机的时候 BC 座位上是一对情侣 C 女生 略微咳嗽 当时心里嘀咕了下

不过转念一想 老子从墨尔本来 the place of flu 啊 怕你不成 B 男生是很帅的 短发胡子男 我在看 echo 推荐的英文杂志 他问我你是学设计的么 我说是啊 每次有人猜我的职业 不论他说的是否对 我都说 是啊

北京变化很大 T3 的天棚很漂亮 不过觉得没有什么人气 坐机场快轨坐了好久 我以为到 三元桥了 结果一报站 才知道 原来是 T2……机场是有多大啊

北京坐地铁前要查包 好像机场安检一样 让我多少有种 接下来是要坐飞机么的感觉

在小茧家住 有好多好多的漫画 杂志书籍 真想一口气都给看了 昨天

下午陪她上了日文课 晚上 四个人一起 在羲和雅居吃的烤鸭 环境和烤鸭 都不错 不过菜量太少 尽管我昨天 吃了飞机消夜 飞机早餐 小茧做的早餐 午餐（一锅粥 十多个饺子） 下午吃的 吉野家双拼饭 还有一条鱼 可是我 还是觉得菜量很少 老醋蜇头用茶碗装不说 还太难吃 西瓜汁清淡得好像西 瓜皮汁

不过 烤鸭还是很好吃的 哈哈哈哈哈哈哈 我的爱

不知道 是不是太不要脸 住小茧家 舒服得 有住自己家的感觉 明天去见 我喜欢的作家 晚上和朋友 看演唱会

北京 真的很不错

2009/7/16 『I go to sleep』
在北京 玩了一周终于回家了

可惜没有保持 一周内 天天都吃烤鸭的纪录 我们公司的美女真多 好 养眼

我觉得 我的人生好神奇 昨天下午和河童同学 在星巴克喝咖啡时 看一 本韩寒封面的 男性时尚 晚上回大连的时候 就在机场遇到他了 他一个人 拿了三个大旅行箱 （不愧是 运动员）

然后 我就走过去 说 你是 韩寒么
他笑着点头说 嗯
然后我就 拖着箱子 站原地 说 你好……
他笑 说 你好
说完以后 我就 继续往前走 边走边想 那可是 韩寒啊 这样就完了？ 要

么 握个手吧 ……可是 握手的意义何在呢 我俩又不认识 ……赤裸裸的性
骚扰嘛……嗯 嗯 算了 算了 想着 我就过了安检

他本人很有礼貌的样了 而且 比杂志封面 要好看 后来 河童说 告诉他
你也是作家啊 我说 我还没疯 谢谢

我妈我爸 亲戚朋友 在机场接我 可是不知道为什么 箱子一直不出来 等
了好久好久 那时间足够我飞回北京 回家以后 我就迫不及待地上了豆瓣 给
我爸爸妈妈 看那个北京活动的视频 脱光了 洗澡 关门的时候 看到他俩在
椅子上 抻着脖子 目不转睛地盯着屏幕看 我妈妈一直按着反复 当时有点儿
> <

因为 我家浴缸很小 加上个 锅脸那么大的淋浴 我只好蹲浴缸里洗澡
一边洗 一边觉得恍惚 犹如 梦一场 穿越季节 变换了时间 更替了地点
朋友匆匆相见又匆匆告别 人群中读者的欢呼声 写着"请 转给 安东尼"的
字条 名牌衬衣和领带 很骚的小短裤 烤鸭 火锅 朋友 同事

——想过一次 确定它们都出现过 没有觉得多失落 开始觉得有一些责
任 又有了一些动力

2009/7/18 『妈妈做的白菜炒肉』
最近看的书是 《姐姐的守护者》 中文和英文 夹杂着看 在飞机上 一
边看一边哭一边颤抖 空中小姐一过来 我就看窗外 她问我要水么 我就点
头 说要 也不敢看她

《台北故宫》 是小茧老板写的 她把那本书送给了我 我一直担心自己

没文化 写出来的东西没营养 小茧说 你把这本书 看下来 在故宫这个方面 就比同龄人 厉害很多了

回家几天 除了 去看了《哈利·波特6》就没出门 我不是 自我隔离 我 只是想 待在家里

上午的时候 有阿姨来打扫 给我做午饭 我妈说 不让我叫她阿姨 然后 我也不知道 叫什么好 难道叫大姐 早上我都会一直睡 美其名曰 倒时差 门 铃响 我就围个毛巾 去开门 又匆匆回去睡觉

别看 阿姨是个家政 她在我家做了两年多 绝对是 有勇有谋 有胆有识 我摊了一地的乱七八糟的东西 连我妈我爸都不让他们碰 结果 阿姨来了就 说 呀 怎么这么乱 然后就开始收拾 我说 你别动 就这么放着 千万别动 她停 下来说 好

然后 我就去 书房上网 结果我找一本书的时候 去我房间一看 我 C 东 西都罗列了起来 内裤和脏衣服都分类泡了起来 书包和箱子都不见了 还有 乱七八糟的东西也没了 当时 我就一脸囧样

然后 我就跑到厨房说 你给我收拾房间了 啊
她说 你房间 那么乱 都没有下脚的地方 你别和我客气啦
我 不知道要 说 什么 点头说 哦……我不喜欢 别人碰我的东西 你胆子 也太大了吧 ……这样的话 终究没有说出口
中午吃饭后 吃葡萄 我从放废报纸的箱子里 抽出一张报纸放葡萄皮 吃 着 吃着 一看 我 C 这不是我特意从北京买回来当纪念的 介绍 TN 决赛的 报 纸么 囧 orz
但是我 不敢发作……我吃饭的时候 她在洗手间 洗衣服
我们聊天 她说 她家小孩不老实 然后说 我家儿子有你一半省心就好了

我本来高兴 结果她接着说 你看你 整天在家待着 也不出门 跟小姑娘 似的

……

妈妈 快放假吧 ＞＜

下午 阿姨一走 家里就是我的天下啦 脱掉衣服 脱掉裤子 只穿要掉下来的 旧旧的四角裤 大声放音乐 使劲下电驴 吃雪糕 喝茶 上一会儿网 看一看 DVD 再看看电视 想睡就睡 天黑再出门

好舒服哦 找到了 儿时暑假的感觉

……

妈妈别放假 也别让 阿姨来

2009/7/22 『香水买个一两种就够了 真的』

亲爱的 不二

我的话 不多 有的时候想表示友好和亲切 却不知道用怎样适当的表达方式 最后只好在角落里 默默关注 所以 被我喜欢的人 如果稍微主动一点儿 就会 一拍即合

小四说 我发现你 语言沟通有问题 可能不太适合酒店管理 人与人那样的工作 好好当厨师吧 我觉得 很有道理

也许像 小狗说的那样 我 "手段高明" 但是绝对没有 左右逢源 人多的时候 就很难被感动 大家哭的时候 我却无动于衷 很难因为别人 喜欢 而喜欢 也不会 因为别人 恨 而恨

很少把什么事 放心上 遇到突发事件的时候 依然 淡定 只是每次遇到喜欢的人 才会 患得患失 把自己 贬低进尘埃 伸手 向别

人借 人品

你看我 一不小心 成了这样的人

我来墨尔本 三年多 只在一个地方 理发 嗯 三年里 我唯一 一个理发师 就是 Davy

就算其间 回了中国 去了日本 也都没有理过发

之前 每次理发以后 我都不爽 都觉得 没有理发前 好看

只有 Davy 他给我理发以后 我都觉得 好帅 他拿着镜子站在我后面 我 对着面前的镜子笑得淫荡

Davy 是马来西亚人 白羊座 我们同年 生日差 两天

他个子不高 短发 给人 感觉懒洋洋的 连笑都懒得张嘴用力 cicici ci 的

中文说得不太标准 我们经常 中文夹杂英文地聊天 有的时候 聊到大笑 有的时候 很大声音地骂 屁啦 惹得别人 往这里看

他的手 很漂亮 像孩子一样 很嫩 在这个所有 理发师都让你 烫染的时 代 我说 我想 染发 他却说 你别彪了 这样挺好 我说 我要烫发 他说 烫发也 是要 打理的啊 你这种 不用发蜡的人 不适合 再说 剪几次就没有效果了 所 以 我就只是在理发

理发后 他会说 要不要抓 我一般都说算了 有的时候 我说 抓一抓吧 他 就会一脸贱笑地说 有约会哦 然后 又懒懒地 cicici 地笑

我有他的手机号 因为 尽管我在他那里理发了三年 可是还是记不住 他 周一 周二休息 然后 每次也不打电话去店里预约 所以经常 我去的时候 他 都很忙 可是因为我住得太远 他又不好意思让我改天来 然后就 不去休息 给我理发

这次 我回国 他说要买 T恤 玩具之类的 我说你在淘宝看 我帮你买好

了 然后 他就自己淘宝 列了一个单子给我 今天 我在淘宝 拍了一遍 一看 将近 7000 元人民币

他上网 我说 你两年内 都不用买衣服了 他笑 说 真的是 麻烦你了

我说 把我的淘宝密码给你 你去看看钱都是怎么花的好了 他说 不用 我相信你

我就 ><

他说 最近事情 fucked up 家里啊 女友啊 工作啊 可能不想干了

我说 那你不干了 我就不理发了 戴个帽子

他说 Don't talk bullshit.

我说 我不是开玩笑 三年里 只有你一个理发师 换了别人我不爽

他说 好 我保证 你要是 想理发 可以来我家 反正我还待在墨尔本啊

我笑

真的是 太喜欢 Davy 了

哦 不二啊

今天和妈妈 去星海湾看了房子 我也要开始 商贷买房啦 哈哈

虽然只有 四十几平方米 但是 背山看海 阳光充足 广场上有风来 爽啊 hiahia

勒紧裤腰带 赚钱 握拳

2009/8/2 『 how to change the world one photo at a time 』

存在 必合理 真是句抚慰人心的话

脑海里 一再出现的字幕是 我毛发浓密的 男朋友 / 再见 羞耻心 / 一样的夏天

再次 来到上海 又遇到大雨
总是 不经意地 想到去年此时

明明知道 被厌恶了 还是在深夜给你电话 说 想见你

哎呀 如果 火相星座 不能变成 狮子 金星 不能变成摩羯 上升又不是天蝎的话
那就 和自己的羞耻心 说再见吧

只是 真的能摒弃 是非观 和 自尊心么？？？？？？
如果能摒弃就好了……

如果 摒弃了的话 会变成 很讨厌的人吧……

2009/8/5 『 一个批判自己过往的人 不会爱上未来的自己 』
《夏目友人帐》

恍惚间 隐约想着 应该 趁着年轻 和喜欢的人一起 制造些 比夏天还要温暖的事
会怀疑自己 到底有没有像自己口口声声说的那样 喜欢夏天
最喜欢的 植物在春天达到生命巅峰 花开满树
最喜欢的 水果在秋天成熟 价格便宜 鲜红多汁
至于冬天 圣诞 新年 春节 假期连串 荷包满满

夏天我就说不好了 但是在觉得没有什么特别的同时 又会坚定地认为那些令人欢喜的事 都应该在夏天发生 嗯……只在夏天

春夏秋冬 都会发生很多奇怪的事 唯独夏天发生的事 记得最清晰 念念不忘 你说 会不会是 因为夏天温度高 多余的蒸发 累赘的去掉 只剩下精华干练的东西 那些用食指和拇指拉起来以后 坚韧柔软的片段 它们在记忆的隧道里 闪闪发光

是夏天 大概 七岁 那个时候 我们还住四号楼 我爸爸经常出差到外地 只有我和妈妈两个人

妈妈给我在狭小的厕所里洗澡 每次洗澡都是难熬的经历 因为我妈一用搓澡巾搓我 我就说疼 所以记忆里 每次洗澡都是伴着我妈的训斥和我的呼喊结束的

洗澡之后我妈就会一改凶神恶煞的面目 给我披上浴巾 帮我擦干 她总是喜欢把我的刘海儿往后梳 然后在我的额头亲一下 她看我的眼神似乎我是一个她很满意的作品 我不喜欢那头型 总是用手把它胡噜回去 然后下楼找小朋友玩

院子里一棵棵高大的槐树 开满了一串串的白花 香气一丝丝的 跟在大一些的孩子屁股后面跑 我们摘很多的槐花 在吊车上攒到一起吃 傍晚时毛毛妈妈 会在楼上的走廊 打开窗户大喊 毛毛吃饭啦 然后 毛毛哥哥就带着我回家

小学时候的夏天 爸爸妈妈都很忙 暑假的时候 我都会被送到乡下姥爷家 我觉得那五六年的暑假生活 对我的性格形成影响很大 不知不觉地带有了乡下小孩的气质 回想那些时光 充斥着阳光和树叶的味道

那时候经常吃苞米子粥 喝不了的时候 姥爷就从电视后面的搪瓷罐子里舀一勺糖放到碗里 这样我就能吃完了 上午的时候要写作业 在桌子上写

窗台上写 趴在炕上写 发现在哪里写都不舒服 手臂上留下炕席的条纹 有的时候 母鸡在窝里下了蛋 然后飞到鸡窝上 毫无城府地 咯咯咯咯嗒地一直叫 然后我就趿拉着姥爷的板鞋去捡鸡蛋 刚下出来的鸡蛋还是热乎乎的 有的时候上面还有毛

中午的时候睡午觉 姥爷的午觉总是很短 而我总是要很久才能睡着 要一个小时左右才会醒来 满头是汗 屋子里异常安静 只能听到外面蝉的声音 下午去找大明舅舅玩 管他叫舅舅 其实他只比我大一岁 只是 辈分大 有的时候 我们去水库里游泳 我不会踩水 所以要一直游 累的时候我就趴到他身上一动不动地 被他带着游 有的时候 他踩到蚌 用脚掌确定位置以后 一个猛子扎进去 有的时候能找到两个巴掌那么大的彩色的蚌 有的时候 我们去河里抓鱼 逆着水流方向拿着水果罐头的瓶子 阳光把脖子后面晒得火辣辣的 后来把短袖脱下来 左右拍打后背防止瞎眼虻落在背上吸血 在西瓜田里吃西瓜 把耳朵贴在西瓜上 左拍拍 右拍拍 然后再换下一个西瓜 直到听到清脆的咚咚声 熟透的西瓜 被西瓜刀一碰便裂开两半 吃很多的西瓜 然后尿很多的尿

傍晚的时候静了下来 也开始变凉 声音反倒更清晰 青蛙和癞蛤蟆呱呱地叫 狗时不时地吠 知了安静下来 可是又有寻觅灯光而来的蛾子和天牛 它们很傻地在窗户上撞出砰砰的声音

有的时候 爬上屋顶 小心翼翼地探身 摘枣吃 有的时候 躺在房子上面 姥爷说房子上面的沙子是从海边运来的 这样的沙子 雨水不容易渗下去 躺在上面的时候 小石子有点儿硌后脑勺 星星一片片的 很明亮 又低 躺在那里 看天 一次次地想 自己长大了会是什么样子

之后 也有各种夏天

比如柏油马路上出现几粒粗大雨点 正在犹豫的时候就变成瓢泼大雨 我也不撑伞 和你一起往家里跑 一边跑一边笑 就算内裤 袜子都湿了 也只是觉得痛快

比如初中毕业的夏天 你送给我的那张 CD 梁咏琪穿着白色连衣裙在沙

漠里走 她唱《爱的代价》 我们那天没有坐车 一路走回家 断断续续地对话 太阳当空 影子在脚下 即使最后分手的时候 也没勇气告诉你 我喜欢你 就算你和班上最帅的男生好了 我还是会喜欢你

　　比如高中夏天的每个下午 在操场上和同学们踢球 昏天暗地地来回跑 不知疲倦 　直到下午六点多 天也凉了 学校的广播站也给面子 一段流行音乐响起

　　比如大学的时候学自行车 拐来拐去地 很不灵光地带你上课 你穿着裙子抱着我的腰若无其事地说 要么我载你好啦

　　比如开心时流下的泪 分别时假装的微笑 凉爽的夜里想念一个人
　　比如蹲在椅子上啤酒瓶相撞的声音
　　比如半年前就买好的特价票 三千尺高 我又一次毫不怀疑地 穿过冬季和赤道 满心欢喜地奔向你的夏天

　　晚上 整理 笔记看到 之前摘抄的 两篇短文 短文很短 可是 每次看到都觉得 很温暖

　　#我和朋友李善思 七月刚搬家的时候 家里没有电视机 两个人很无聊 我们就假装桌子上有电视机 然后两个人假装手里有遥控器 还能换台 这个王八蛋不停地换台 我说他 他还不听 后来我们就打了起来

　　#去天津的那个夏天 赵熊在站台外迟到了
　　我没有责怪她的意思 可她慌忙向我解释 刚才路过爆米花 专门为我挑选了香芋味 等了好久 最后还是煳掉了 只好放弃 我有些奇怪 她怎么会以为我喜欢吃爆米花 她说 从前晚自习的时候 听到窗外叫卖爆米花的声音 我总是很向往 但又不能出去买 她不明白我向往的不是爆米花 而只是逃离 可她竟然还记得 我鼻子一下子就酸了 想抱住她 又怕肉麻 忙用别的话题岔开

去 她学习成绩不好 从不跟我交流所谓思想 她只在全班都疏远我的初中每天等我 陪我回家 可是只有她还记得 第一口蛋糕的滋味

睡觉前十五分钟左右要打开电热毯 房顶的暖风暖气吹太久会干 屋子却始终热不起来 洗漱以后便钻进被子里 总觉得被子和被罩没有好好咬合 可能因为上次洗床单以后没有装好 可能因为睡觉不老实 关掉电热毯 把不论羊毛被还是被罩抓牢裹住自己脚底下 还是冰凉 于是蜷起来 后来脑袋也蜷进被子里 有鸢尾的味道 听到呼吸朴素的声音 手掌扣住脚心 然后就在七月的时候 睡着了

恍惚间 隐约想着 应该 趁着年轻 和喜欢的人一起 制造些 比夏天还要温暖的事

2009/8/11 『 通电后 温暖的变压器 』
很显然 一架国际航班就能 承上启下

北京的最后一夜 本来想和小炫在他郊区的公寓把酒言欢 结果宾妮打电话过来说 朋友心情不好 让我们一起过去聚一聚
朋友家住在市中心的购物中心 广场上的天棚有巨幅银幕 之前还是移动广告 银幕一闪 成了鲤鱼在水里游动

宾妮出来接我们 穿着运动 T恤 她很精致 来到朋友家 他们已经喝了起来 那个朋友很厉害 有的时候 我觉得他太厉害了 他的感受和思考方式 应该也和我们不一样 应该是 什么事都是云烟 什么爱都不放在心里 结果在他微醺的时候 却很认真地看着我 问 你说我要怎么办 再这样僵持下去 这感情是不是就完了 看着他认真又有点儿焦急的样子 我竟然觉得有点儿开心
恋爱中 应有的嘴脸 再厉害的人也逃不过

后来 大家开始讲 鬼故事 我本来不怕鬼 但是大家讲得绘声绘色 我默默地把放着护身符的书包放在脚下 因为太晚了 我们都回不去家 只好在朋友家通宵 本来以为他累了 会一个人回房间睡 结果大家一直聊天到天亮

后来 我和宾妮 小炫 不知道在什么庙 还是寺院附近 吃了早点 然后把宾妮送回家 我和小炫本来想去之前我订好的酒店 好好睡一下 结果打电话过去酒店 对方说 他们已经客满 要下午一点才能 check in 后来又找了一家酒店 结果又 booking out

一咬牙 去住了万达 Sofitel 住一天五星级酒店又不会破产 果然有房间但是服务台的小姐说 最早 11 点可以入住 我说 可是我们很困 可不可以提前进去 她说那要加半天的房费 我没有办法 只好说谎 我是 melbourne sofitel 的员工 只是我没带员工卡 结果不知道她是迁就我 还是真的信了 八点就让我俩进去睡了 我和小炫一直睡到下午四点 然后叫了麦当劳外卖 大堂服务生帮助送到房间

晚上 和宾妮一起去吃海底捞

把宾妮送走 把小炫送走 一个人回去酒店 住五星级酒店 就一定要体验五星服务 于是 在大堂告诉接待的员工 早上六点半给我一个 morning call 叫我起床 七点的时候帮我叫一辆出租车去机场 顺便送一套剃须刀和几瓶沐浴露去房间（sofitel 万达 竟然用 L'occitane 的产品 可能和他们北京区老板是法国人有关）不想动 却硬是穿上短裤去四楼游泳了一圈

结果早上 六点 就接到妈妈的电话 叫我起床 可能我之前因为睡觉错过去悉尼的飞机 给她留下阴影 check out 很顺利 不知道为什么 没收我的电话钱 因为我是 melbourne sofitel 的员工？ 上了出租 问司机去机场 要多少钱他说 八十多块 我数了下钱包只有七十五块了 我说去三元桥好了 我没那么多钱 可以在那里坐机场快线

司机一脸不爽 说 我五点就在这里等 就是为了接一个机场的活 七十五 就七十五吧 我翻出来一澳币 给他 说这个值十二块人民币 他笑了

在机场 用我剩下的中国移动余额分别给朋友们短信 "我走了 再见" "回去了 谢谢" "再见 保重"
可能 因为是 周末早上才八点 大家都在睡觉 没有回复 最后一个发给朋友 "我回去了 祝你恋爱顺利 加油"
刚想关手机 收到朋友的回复 "再见 我们都要幸福啊"
带着笑 关机

在白天飞行 飞机降落 新加坡机场 我身无分文 因为汇率关系 没舍得换 澳洲旅行支票 结果 ANZ 信用卡很靠谱 明明被我刷爆了 还是要强地 帮我 支付了 三个猪肉包 一杯奶茶 还有一碟米粉排骨 看了免费的电影 good luck 五个小时 一下子就过去了

在黑夜飞行 看了两场电影 出了墨尔本机场 坐在出租上 套上了外套 依旧穿着 国内时候的牛仔短裤 sunbury 的早上 安静萧瑟 原来春天 没有来得 这么早 看着眼里的小镇 没想到 回到这里 竟然 也有归属感

第二天 就见了 理发师 Davy 经理 echo 和大龙
Davy 开着保时捷吉普来拿东西 我说你真有钱 他说我没钱 车是我老爸的
经理说我 看起来 fresh up and ready to go
echo 换了发型 又搜集了一些新的关于绘本的素材 我们一起做好了图书申报表
大龙从银行下班 穿得人模狗样 晚上 我们一起吃的牛排

我的车在车库 放了一个多月 结果不能打火了 晚上坐 bus 回家 房间里有点儿冷 冲了柚子茶

接下来 要再找一份工作 要在 ZUI INK 上开专栏 要准备绘本的故事 要早睡晚起 要准备在 molb oity 找一套公寓 要在市中心的中心 接近咖啡店 接近图书馆

要找一个以后会在一起的人 虽然我不是缺点多多 但是也不完美 真的找到对的人谈何容易 但是 总是觉得一定会找到那个人 一定

另外 如果你看这篇日志 也许我把生活写得太好了 并不想给你生活原来可以多么美妙的假象 生活哪有这么好 只是那些不好的我都没说而已

寂寞有时 尴尬有时 难过有时 龌龊有时 卑鄙有时 懊恼有时 不过好在相信自己 尊重自己 自信点儿 乐观点儿 和朋友家人一起 这些 不好的 都会过去

那些真的在你生命里 发光 让你反复回味的 它们都是 好的

echo 刚刚 来电话 问我有没有写稿 我说 没 不过我写了 很长的博客 她说以后我每天给你一个电话 督促你写稿……＞＜谢谢你

P.S. 羞耻心 果然还是 抛弃不掉 那就争取做得更好 别让自己羞耻好了

2009/8/30 『他有一只 让它坐下 它就坐下的狗 』

换了手机 我不是手机控 经常忘记带手机 也经常没电 手机不会放在兜里 经常就是静音放到书包里 常常被同学说 把手机当 BP call 用

之前只用过两款手机 索爱 Z208 用了四年 索爱 M600i 用了两年 然后朋友手机坏了 把那个机器送给了朋友

本来我现在 hold 过桥签证 所以理论上电话的合同满了以后是不可以升级的 打电话去 Three 问 也说不能换 然后有天逛街 路过 Three 店面 就进去随便问了下 结果没想到 那个小姑娘要了我的驾驶执照复印了下 就直接给了我一个新的手机

所以我有了 第一个可以拍照的手机 （我知道 我 out 了） BlackBerry 9000 上网啊 收发邮件啊 很方便了 我觉得比 iPhone 有爱

工作 不好找啊 递出去的五份简历 现在有三份都被 拒绝了……再接再厉

和小野在家玩 PS3 水墨画版街头霸王 我最喜欢用的是 Ken 这个小黄毛 小野问我 干吗我每次用相扑你就不选 Ken 我说你用相扑太厉害 如果 Ken 在我手里 输给你 我会垮的 玩了一个下午 觉得左手大拇指要 出水了 现在手掌自然形态就像 真空包装的五里香卤味鸡爪一样

一周内 看完三部美剧 爽 八月就要过去了 觉得好失落啊 一年中 我最喜欢八月了

最近 猫本晚上常常狂风暴雨 拉下窗帘以后 总有种在孤岛生活的感觉 INK 专栏交稿了 写的时候觉得好棒啊 写完以后觉得好瞎 前几天打印出来泡澡的时候看又觉得好棒 现在又觉得瞎……各位看官评论吧 不过威廉看了以后 说 想起了以前的 朋友 谢谢你 蛮开心

九月份 把 rp 都换成事业运吧 桃花 可以避一避 先好好和自己恋爱吧

2009/9/3 『矿泉水没有 蒸馏水贵』

最近又长了 一厘米 竟然 变成了 184 cm 之前听说坐航天飞机 / 宇宙飞船会长个子 没想到 飞机坐多了也长 我一直感觉猫本的男生其实也没有很

高 矮子也挺多 可是 最近生活里出现的几个男生朋友 分别是 185cm 188cm 190cm……就感觉自己还应该长长 嗯 长到 186cm 吧 我觉得 186cm 还不错

天气稍微暖和了 一点点 今天放学以后 和小野去打网球 说起来 想当年 我高中毕业的时候 我爸爸单位同事的老公 是大连大学的体育老师 那时候 就请他教我打网球 尽管我没有持之以恒 经常锻炼 但是打得应该比路人好 吧 可是今天去网球场一玩 觉得竟丢人现眼了

最右边一对小伙子那种 dang dang dang 的专业水准 就不提了 光是 我 俩旁边一对 平均年龄大概十二岁的姐弟 我俩都不如 他们两个人 一去一回 地 拦网 扣杀 长传 打得那叫一个棒 人家打球的时候怎么就那么协调呢 真 想拜他们为师 我觉得老外的运动细胞是天生的 我和小野总是捡球不说 光 是那个击球的 feel 就不行 到后来我觉得丢脸 我和小野说咱俩回家吧 因为 之前我俩上课加打工 一般晚上去打球的时候都已经没人了 只要交十块钱 让他开灯就行 两个人打几个来回 也没觉得自己多差

结果 今天白天去 看到了别人玩 立刻就垮了 orz ……加上最近找工 作也不顺利 现在的工作也出现了点儿小问题 明明只学一科 hospitality facilities planning and development 作业做起来也没得心应手 《最小说》那 边又欠了一个 5000 字左右专题的稿子 有种 干啥啥不行的挫败感 ……调 整期 调整期

（网球场上 有个穿短裤的女生 她在和教练打 她打得很卖力 几乎每次 挥拍都喊一下 嗷嗷的……我和小野说 我也想喊 小野说 那你喊啊 我说算 了 咱俩打这么臭还喊多丢人 再说 澳洲老娘儿们那么猛 喊得好听 咱差这 么多 喊出娇嗔的 feel 多不好）

如果 不算下雨的时候 我就感觉春天真的来了 下雨的时候还是冷 需要 穿羽绒服 因为最近经常下雨 所以草地踩起来很松软多汁 也经常能看到彩 虹

上课的时候 我觉得 还是欧洲那边来的同学穿得比较时尚 高领毛衣 靴子 围巾的搭配都恰到好处也不突兀 非常有范儿

相比之下 澳洲本地的学生 衣服就挺土的 但人是好看的

相比之下 中国的留学生 挺多穿名牌的 可是穿身上就土了

不知道是我审美的问题 还是 人种真的有差别 我问小野 小野解释说 我们亚洲人比他们多进化 200 年啊 他说你没发现 老外现在越来越长得亚洲化了么 我觉得挺有道理 可是 为什么人越进化越回去了

和小野生活两年了 难免有点儿 老夫老妻的 feel 比如 "你去学习吧 我来做饭" "你把鸡蛋炒了 我吃剩饭就行" "明天都考试了 怎么还不睡" "回去赶快吃药" "我明天早上 叫你起来啊" "你 喝不喝咖啡" 这样的对白

或者 一同进出 一同看剧 打游戏 形影不离啊 形影不离 关系好到 可以表情严肃地说 "你说我 这么干净一人 放屁怎么那么臭呢" 和小野这两年就是我以后同居生活的 preview

尽管他 比我小两岁 可是家里 做饭 打扫的工作 他做得比较多 而且 我有什么不清楚就问他 比如地理啊 历史啊 飞机大炮啊什么的 他也经常帮我分析人际关系 关系轻重 我觉得我挺依赖他的 年底他可能就去悉尼读研究生了 也可能留在猫本 但是学校不一样 我俩很难住一起了 那天去他房间拿 CD 看到他和女朋友聊天 关于年底搬家的事 我听到 他和女友说 "最好还是和老大一起住"

当时感动得 真想扑倒他

现在每周都和 echo 同学见面 一次 用半天时间 做绘本 看看杂志 买点儿东西 吃个饭 忘记带钱包 饭店不能刷卡 这样阴错阳差的 几次都是 echo 请 下次请她吃个好的

和 echo 同学一起工作 真的像小四说的那样 有化学反应 绘本目前来说做得很顺^^

5 号 我大连的公寓开盘 让我买到 20 层以上吧 哦也

2009/9/18 『 如果你喝一瓶酒 也不醉 那我觉得太浪费了 』

工作的时候 Emma 进来厨房 在我的白板上写道 I love Anthony.

分手过后 正好是一年时间 早上起来突然想起你 真心喜欢过的人 无论之后发生什么 也讨厌不起来 之前那样的分手 后来你 次次的重伤 所以从来没想过说 祝你幸福 可是每每想起你 看到关于你的消息 还是会隐约开心地觉得 你应该很幸福吧

今天 你上线 几乎一年没有聊天的你 突然和我说 "你好么 加油啊"

我很好 我很好 只是说不出加油啊 因为觉得自己没有立场 也做不出那样的动作了 尽管我一直想回到过去 将你紧紧抱住 紧紧抱住

也许 没有一种遗忘 是我想要的 但是总有一种是最适合的

去悉尼的时候 遇到的男生 卷毛金发 看错号码 坐到了我的位子 飞机起飞后 拿出单反相机 对着外面的云朵 不停按下

今天是小野 生日 早上起来摸到手机 发了短信 "Happy birthday darling. I will go to the ball with u if u really want." 五分钟后 房门打开 小野扑到我床上 说 "老大 我爱你" 一直觉得庆幸 能遇到好朋友 一路走来都有朋友支持 可是我想不出 我在朋友关系中扮演什么角色 一直被朋友照顾支持的我 offer 了什么呢 嗯 如果朋友有难 我愿意为他被别人两肋插刀

地下铁里 拉小提琴的老人 走过的时候拿出手机匆匆拍下 感觉音乐声在离开地面后 戛然而止

反复听过的 CD 听到一曲终了 脑子里就自动有了下一首的前奏 接触颇深的人 即使笑着说我没事我没事 也知道你难过了 一点点 走过来的人生常常觉得山穷水尽了 也会知道不久便会变得风生水起 可是 不停揣摩 纠结

萦绕的爱 还是不知道何去何从

从 pancake on the Rocks 回家的午夜 达令港在左边 灯光昏黄连成一线 一路走下去 脑子里思考事情的开关一个一个关掉

半夜两点一个人在吃 24 hr 7 days 的 pancakes 旁边有中国人在喝酒 那个男人站起来 举着酒杯说 我干杯 你随意

我觉得 我们俩之间就像喝酒 我干杯 你随意

2009/9/20 『俄罗斯产 Smena Rapid 』
（我）又 想起（你）——安东尼

一

睡到下午一点 赖在床上不想起来 在地上摸到遥控把台式机打开 听到 MSN 登录的声音 随便摸起来一本书看 是在北京的时候 小茧送给我 他们领导周宾写的《台北故宫》

欧文和那那经常感叹 我基本社会常识的贫乏 到后来他俩完全接受了这个事实 好像我不知道任何事都是可以接受的 "不用担心安东尼 他是靠运气打拼的"

我在西安出生 在沈阳读大学的时候 爸爸和妈妈 决定故地重游 妈妈发短信说来说 我们到陕西了 我回短信问 不是要去西安么 怎么去了陕西？过了好久 我妈才回短信说 真高兴你考上了大学！

Anyway 所以我最近都在看一些 "有深度"的书 你知道么 中国有 两座故宫博物院 一座在台北 一座在北京 它们怀着曾经相聚在一起的珍宝 隔海相望

MSN 响 我从床上爬下来的时候 小台湾已经离线了 他说 今天是七夕哦

情人节快乐 我去洗个澡 准备回部队了 明明知道他 下次上线是一个月之后
还是说了 情人节快乐

世界上 我最不喜欢的节日的 TOP3 一定有情人节吧 心里想着

然后 想到 大概四五年前 在大连的时候 朋友们一起出来玩 我在 KFC
的靠窗位置等你 你习惯性地迟到 就坐在我对面 有一句没一句地说话 抱怨
其他朋友来得那么晚 说 早知道你就不着急了 我满脸堆笑 看着落地玻璃上
贴着的 粉红色的广告 月亮 鸟 桃花 男生和女生的背影 用汉字写的 七七

哦 原来是情人节啊 情人节 你和我在一起哦 当时的心里 明明是 欢
喜的

你把 食指和中指 交叉 然后在我脑门儿弹了下 说 你又放空 然后一脸
坏笑

后来 你去日本 我来猫本 过了很久 久到回忆起来的时候 似乎都要说
long long ago 才能开始 你从我生活的中心慢慢外移 几乎移到我生活圈的半
径的距离

然后 我又想起你

二

其实 心里已有渐行渐远的感觉 你的照片从我的钱包里拿了出来 后来
也喜欢过其他的人 但是 新航发来去京都折扣机票链接的时候 还是忍不住
地点击 几乎没有做什么心理斗争 就用信用卡支付了 未来四个月后的往返
机票 不确定那时候会不会忙工作 也没顾及当时已经开学两周 给你发了邮
件 只是在问候和嘱咐的话最后 轻描淡写地说了句 我八月的时候 可能去
日本

有的时候 我觉得我 与其说是 想见到你 不如说 只是想去日本 你生活的城市吧 就好像我日本旅行的目的地 随着你的迁移而转移 东京 大阪 京都 而和你相聚的时间却越来越少 上次去大阪的时候 我们只是相聚了一天 其他的时间 都是自己 或者和小茧一起

飞机 降落在关西机场 我之前不知道关西机场是填海造地 飞机要降落的时候 觉得是要飞到海里 明明一直打算与飞机同归于尽的我 还是不禁紧张了下 怎么说呢 我觉得关西机场很优雅 出境大厅屋顶由一连串 格状钢桁所组成 其线条呈现强烈的方向性 引导旅客在建筑内向前及向下移动 先至海关 再前往下层候机室 然后我就看到了你 你穿着红色连帽运动服 走过来拉我的行李 问我饿不饿 自然的样子 就好像初中放学 你从我的桌子上 拎起我的书包 然后我们去校门口买夹着油条的煎饼的日子就在昨天

忘记了 我们在火车上 说了什么 你得了很严重的感冒 一直在擤鼻涕 加上有鼻炎 所以不停地发出 ken……ken……的声音 任性地要我帮你拿着鼻涕纸 我坐在与行车逆行的方向 身后的风景 快速地在眼边滑过 又开始放空 觉得整个心都平稳了起来 好像湖面 如果说 放空有什么不同的话 我想 我在别人面前放空的时候 那是一潭死水

下了火车 以后 我们穿过很大的市场去你家 看到街边的小摊 我说 哇有卖鲤鱼烧的 你问我要吃么 我说 嗯 吃鲤鱼烧的时候 你问我是不是饿了 于是我们去街边的小店吃东西 我要了日本咖喱 你吃排骨饭 店里的阿姨看我拿了旅行箱 和我说话 我不知道她在说什么 笑着看她 又看看你 你用好听的日语给她解释 用奇怪的语调说 Australia 吃完以后 欧巴桑一直送我俩到门口 然后说 加油哦 我和她招手说 再见

你的家 好小 大概也就我猫本一个房间那么大 房间里 放了箱子以后 几乎就没有转身的地方 你的床在书桌上面 你帮我打开了电脑 搬来梯子说 头疼得厉害要上去睡一会儿

晚上七点左右你起来 看下时间 问要不要出去吃东西 我说 你那么难受就别出去了 家里有什么随便吃点儿就好 你又躺了一会儿 然后 起来穿衣服说 还是出去吃吧 好不容易来一趟 我家附近有个日本艺人开的烤肉店 非常好

并排走 街道很窄 对面有自行车过来的时候 要移到你的身后 看到院子里停的自行车 奇怪他们怎么把自行车 架到空中 又如何拿下来 随意地聊天 我说 我出书了 你问 是关于什么的 我说 就是过去几年的事 像日记一样 你说 哦 我说 里面写了关于你的事 你说 真的啊 那我应该买一百本

晚上 我睡在地上 你在上铺 睡觉的时候 听到你不时从鼻子发出了 ken ken 的声音 我不知道什么时候睡着的 睡得很深 ……

三

七月的时候 全球开始猪流感 几个礼拜以后 它的名字变成 H1N1 从墨西哥 蔓延到世界各地 日本和澳大利亚都成了严重的疫区 日本旅行签证停办

加上 公司在北京的活动 恰巧就改签机票回国 事情办妥后 竟然有一点点 解脱的感觉

待在大连的日子里 吃饭以后的晚上 拿着随身听出门 和每次回国一样 顺着我们整天上学 放学的路 走去初中 奇怪的是 MP3 始终没有带上 在便利店买了朝日啤酒 一路上 听到刹车声 喧哗声 叫卖羊肉串的声音 和自己呼吸的声音 在你家门口坐了下来 天色已经暗了 你家没亮灯 现在那里应该已经没有人住了吧 我想 公寓门口停了一辆面包车 有一个很大的金毛狗 怎么也上不去车 女主人一边托着它的屁股往上推 一边说它笨

学校的大门紧锁着 门上写着告示 由于操场整修 外来人员不得入内 我双手插兜 想想 自己应该算是外来人员吧 于是开始原路返回 把耳机插入耳朵 很大的音量 但是听的什么 忘记了

……第二天 早上从你那里离开 去京都和小茧会合 心里有强烈的感觉 这次离开以后 几年之内都不会再见面 不光是物质上的 精神上 似乎也告别了什么 两个人 都没说话 我拎着箱子在门口等你 你背对着我穿鞋 等你站起来的时候 我在背后抱住了你 为什么会有那样雷人的举动 我现在也说不清 觉得好像是个仪式一样 奥运会闭幕 不也要大家都出场欢闹一下 熄个火么 于是就那么抱着 大概有三十秒 我抱得很紧 你一动不动

等那股冲劲过去以后 就觉得有点儿尴尬 你忽然笑着说 傻帽 屁屁都被你挤出来了 我没笑 拎着行李出门 你关门后走了上来 两人一前一后 过市场的时候 你停下来 买了一个鲤鱼烧 把纸口袋递给我说 路上吃 坐在火车里 你在站台上 我不知道要把视线放到哪里 直到火车开动的时候 才注视着你 使劲挥手 忘记了你当时的表情 只记得 手心里 鲤鱼烧暖暖的感觉

四

八月里 三周的假期 匆匆结束 邮箱里 student flights 的 Sarah E-mail 说日本机票 cancel 的事办好了 钱三个月内会转到你账户里 回了邮件说谢谢

回来之前 在北京和小跳相约 说是要照一些照片 他坚持用胶片机 说胶片机会很不一样 当下的气候 温度 光线 和按下快门时候的心情 都会影响成像 而且 不被 PS 觉得很地道

后来下了瓢泼大雨 我们被困在咖啡店里 哪里也去不了 我在回味小跳的话

忽然有个想法 现在我又想起你 是不是 不是大脑在想你

听说肌肉也有记忆 而且远比大脑的记忆长久可靠 所以滑冰选手失忆

以后 仍然会滑冰 我就在想 也许是身体在想你吧

身体 感受着气味 温度 每一次心情的起伏 身体接触时的感觉……经过几年漫长岁月的曝光 缓慢成形 它是真实的 不需要被美化 也删除不了 就那样成为 客观的存在了

而且你看 即使 身体不记得 那心也会 记得吧 心 也是一块肌肉吧 我想

你知道么 中国有 两座故宫博物院 一座在台北 一座在北京 它们怀着曾经相聚在一起的珍宝 隔海相望

2009/9/22 『二十六岁的美国男生和我说 I like plants more than people』

最近觉得浑身都很乏 申请了上海明年的工作 如果拿到 明年就回国了 bless me

连续两天 写完了 三份履历 每天都到晚上三四点 这里要谢谢威廉 给我的指导和帮助 大恩不言谢 等我去悉尼犒劳你

然后 周一去寄履历 出门的时候已经很没有精神了 觉得心不在焉的 开了车库门 坐到车里 边退出来边打方向盘 >< 难道以为自己是在 colse 停车么……所以就撞到 邮箱上了 可是我当时 脑子真的麻木了 这时候也没停车 继续加油门 就听 ziiiiiiiiiiiiiiiiiiiiiiiiiiiiiiiiiiiiiii 的 然后我下车一看 好家伙 我家邮箱倒了 我的车从前到后划了一条 哭 因为是 德国进口车 所以修起来很贵 还好不是很明显 短期内我都不会修

履历寄出去了以后 就去 city 贴签证 眼看着 vline 来了 我来不及买票就上了车 上车后 我就直接找售票的说 我没买票 等下去了 city 补 他说好 到了 city 以后 我去买票 结果那个机器说我的卡不识别 我刷了好几次 都不行 明明里面就是有钱的 这时候 律师来了电话 说是尽管五点关门 不过四点钟就不让进了 于是我就直接上了 tram 想说 之后取钱再买票 结果 tram 到了

telstra 大厅那里 我看到 下面有查票的 当时就慌了 赶快下车 刚下车 让一个印度大爷给抓住了……

那里可是墨尔本最繁华的地段了 然后另外一个被抓住的也是中国人我就觉得更丢人了 于是我也没解释 赶快给了他驾照让他登记后 立刻 离开估计等一阵子会收到 罚单 1000 元左右 我想说 贴签以后去 ANZ 开 account balance 证明我卡里有钱 再去了之前的车站 把那个售票机的序号写了下来这样 收到信以后 就回信 给自己辩护一下 因为我一直都是 按时买票的好公民 这样有点儿冤

然后 去了移民局 结果阿姨说 每天上午 9~11 点贴签证 当时心情更低落了

后来 就去 ANZ 银行 开证明 本来前面有两个中国女生 那个意大利模样的阿姨起来说 next 时 她俩 推推让让的 谁都不要过去 估计她们刚来 英文不好 都在等中国的客服 她叫了好几下 然后我就过去了 金丝眼镜意大利阿姨 无奈地看着我说 I have to learn Chinese now. 我笑 后来我想到 最近被扣了两次 35 元 透支费 就问她 能不能申请 500 元那个担保金 她说那个只有 澳洲绿卡才能申请 我说我递了申请但是没拿到 她说我帮你试试吧

填表格的时候 她说 I got a headache 我看了看表说 getting there 她看着我笑 填好表格以后 她看了我的账户的出入记录 说亲爱的 你怎么总是 over draw 啊 这样可不行啊 后来填写我工作地方的时候 她说 哇 你在这里工作我去过这里 很喜欢那个官邸 而且 东西特别好吃

后来我在申请表上 签了字 刚准备走 阿姨忽然站起来 语重心长地对我说 Honey...Please don't over draw anymore. You have been work so hard for the money...OK?

当时她看我的那个眼神 让我当场就觉得被治愈了 这一天的不开心都化解了 只是旁边的中国人都在往这边看

我和威廉说今天发生的事 威廉说 他们都在羡慕你 那个欧巴桑对你那

么有爱 我说 他们可能只是在想 这个人到底欠了银行多少钱啊 ><

出门以后 心情就好了 一个人去了日本料理店 要了一个套餐 还吃了 铜锣烧和抹茶冰激凌当甜点

后来又一个人 看了电影 不开心的都忘记了 只是晚上回家以后 看到车上的划痕 才又想起来 那些破事 马上就要忙起来了 好忐忑啊……

国内的朋友们 一定要 注意身体 预防流感 多吃 VC 泡腾片吧

2009/10/3 『 a day without rain 』

十一那天 一早就被小野叫醒 于是 和小野 J 三个人 一起在电视上 看阅兵 作为一个中国人的自豪感油然而生

今天是中秋节 没有吃到月饼 本来说好去大龙家过中秋 他已经买好了月饼 结果临时有个婚礼 所以今天就工作了 从早上八点一直到晚上九点半中途没有坐下 右腿 走路的时候开始疼 虽然没吃到月饼 但是吃了 wedding cake 就相当于一样的吧

本来是很快乐的节日 加上 最近遇到的人 每一天都很元气满满 本来 刚刚上线看到妈妈 还说等一下给她电话 其间想到 Ben 和我说的 关于虐待 黑熊的新闻 然后就 搜索了相关的信息 看的时候就觉得很难过

后来 给我妈打电话 她问你怎么声音不对劲儿 然后我给她讲 看到的关于 虐待黑熊的报道……不知道怎么的 后来就边讲边哭 我一想到那个熊的眼神就受不了了 在这里简单地向大家介绍一下 也同时呼吁大家 热爱动物 抵制非必要熊胆制品

这件事我是从 豆瓣活动 和 Ben 那里听说的 Ben 说 他每次一想这个新

闻就想哭

因为 熊胆有药用价值 可是杀一只熊只能取一次熊胆 于是中国一些地方私营的养熊场便开始一种很残忍的行为 活取熊胆

据说 活取熊胆的时候 熊所遭受的痛苦是你根本无法想象的 熊经常疼得叫得撕心裂肺 而且这种行为 每天一到三次 一连续就是几十年 于是有一些熊疯了 有一些熊痴呆了 有一些熊疼得开始自残 掏自己腹部

这种痛苦根本不能忍受 为了防止熊自杀 那些丧心病狂的人 把它们关到很小的笼子里 使它们根本动弹不得 而且 人们相信 口渴会让它们产生更多胆汁 于是也不给它们水喝 动物保护协会开始拯救一些熊 被救回的熊 往往不到几天就死了 大家可以搜寻一些 相关的照片 那些场景 简直就是 触目惊心

现在 我又难过又愤怒 怎么可以残忍到这个地步呢 为什么政府不出来管一管呢 如果 中国是唯一一个 取熊胆合法的国家 难道不能把熊的痛苦降到最低么 不能找到熊胆的代替品么 熊胆也不是什么灵丹妙药可以起死回生 为什么要做到惨绝人寰呢 我又想 如果熊胆 真的可以起死回生 人类就有权利如此虐待另外一种生物么

可是在这里讲得头头是道的我 不也是 吃牛肉猪肉 还有鱼么 这样算不算剥夺别的动物的生命呢 可是我又不想吃素

还有我是厨师 这样就更决定了我要和肉禽 打交道 尽管西餐的东西很干净 西餐厨师自己几乎根本不用杀动物 牛排 鱼排 鸡肉 来的时候都是整理后 一块块的 让你感觉它们本身就是那样的 根本想不到 屠宰的过程 可是 今天这个新闻 让我这个井底之蛙 一下子看到了外面的世界 想到很多

不过也会想 狮子也吃斑马 老虎也吃鹿 鸟吃鱼 鱼吃虾 所以 人也能吃其他动物吧

可是 我觉得人不应该吃熊 吃兔子 吃狗 可是为什么 就觉得吃牛 吃猪是可以接受的呢 难道它们不疼么

现在 脑子里 乱乱的 这篇日志 一定条理很差

想来想去 还是愤怒 也有一些述感 不过有几件事我是想通了：

· 我以后不会烹饪 不是普遍被人们接受的食材 更不会吃

· 人类 如果对动物身上的东西有需求 要取之有道 尽量减少它们的痛苦和不必要的浪费 特别是像 这样丧心病狂的事 根本不该发生

· 如果我知道 一个产品里 有熊胆 我一定不会使用 我还会在超市或者药店呼吁大家都别买

· 赚更多的钱 和 Ben 领养一只熊

· 人类可以很美好很善良 也可以很凶狠残忍

2009/10/14 『《大风车》结束的时候 我刚刚不再看电视了』

按照歌词里的公式 修炼十年能一起坐船 一百年能睡一宿 一千年能白首同心 这么说 十次 419 就错过一场白头偕老啊 我之前修炼了多少年 娘子你修炼了多少年

2009/10/26 『ray-ban 墨镜片上的雕刻』

想到什么 就说什么

工作方面和老板娘说 我做到圣诞以后就不做了 要搬到 city 找个别的工作 老板娘先是 愣了一下 然后说 Oh, I gonna miss you honey.

然后 她说谢谢你提前两个月给我 notice 我说 嗯 本来 20 号就应该搬家了 不过圣诞那时候 我们最忙 所以会坚持到那以后（圣诞 double pay 也很吸引我 而且 老板娘每年都给我礼物）之后一周过去了 我的老板娘又把之

前和我一起工作的大厨淘尼找了回来 我想 这和我的离开也有关系吧

有天 我和淘尼在厨房里工作 老板娘 可能喝多了 路过厨房的时候忽然进来 问我 亲爱的 你会不会想我 我当时有点儿蒙 不知道如何回答 停了一下 直视着她点头说了 Indeed！再后来几天 还是上班的时候 老板娘进来厨房 说今天她儿子（史蒂文 二十岁左右 帅）今天晚上带女朋友过来 她要亲自做饭给他们吃 希腊沙拉 和 Thai chicken cake 她问我可不可以用我的工作区 我说 没问题 我看着老板娘在那里看着食谱切菜的样子 鼻子有点儿酸 这个平时在有钱有权有势的人面前 收放自如 谈笑风生的女人在厨房里做饭的时候 就有妈妈的感觉 然后我就想我妈给我在厨房做饭时候的样子 然后就想哭……都是背影惹的祸

我本来不想让其他同事知道我要离开 不过 有天和爱丽丝聊天 告诉她了 结果这个女人就像大喇叭一样 高喊 安东尼要走了 你们知道么 于是经理 女服务员们都知道了 她说什么 淘尼刚回来 你又要走 I am so sad. 她说 那以后谁帮我偷吃的啊 我就在想 我哪有帮你偷吃的 明明是你偷吃的时候 我装作看不见而已

Emma 过来就给我来了一个 中指 说我恨你 ……orz 说 How can you leave me like this? 我就又囧了 我说我之前不是有说过 考虑去 city 么 她说 哪有 我就接不上话了 装作忙自己的事 后来她来厨房说 I love you 当时我觉得 我又脸红了 她问我 I love you 中文怎么说 我当时超尴尬 然后我就说 "你人不错" 然后 她就很别扭地和我说 "你忍不糙"

其实我也很舍不得吧 我觉得在官邸工作 不像是社会上的工作 更多的时候像一个家 尽管也会被老板娘厨师骂 同事之间也有流言蜚语 但是还是很有爱和关照的

说说 小野 我个人觉得处女座的人 真的很有人品 又靠谱

有一次 我俩上街 看到街边有一人 在弹琴 是《卡农》 当时我就很感动 拿出两块钱 说你帮我给他 小野问你怎么不自己去 我说 我不好意思……

还有一次 街上有支持同性恋签名的 我和小野说 你去签一个……

他最近在考试 因为是结业考试 所以压力很大 整天面无血色 精神恍惚 希望他能考好吧 顺利通过

说说 那辆车

现在还没有卖出去 不过我妈妈看到那个车的广告 立刻联系到我 问我 是不是没有钱了 连车都要卖 说她看了那广告心疼 下周就和爸爸给我汇钱

弄得我觉得 卖车就是苦肉计

说说我

因为最近在 频繁地 找工作 所以经常穿正装面试 有天去 Hugo Boss 买 衬衣 那天下午有个面试 于是穿着正装 二楼店里人很少 就一个服务员 后 来他可能去找东西了吧 就剩下我和一个 business man 然后那个男人就和我 说 你拿下那个衣服给我看看 我明明知道他把我当成服务员了 还很狗腿地 去拿了递给他 我觉得 hospitality 的精神已经融入我的血液里了……orz

绘本是 一本关于 "喜欢" "生活" "旅行" 的书 很随意 比一般绘本 文字要重要很多

我在我家院子里发现了 一棵四叶草 嘿

2009/11/3 『今天晚上吃什么』

大厨淘尼 昨天给我电话说让我今天九点上班 有一个临时的 BBQ 午餐 因为 他要给老板娘准备出书的菜谱 所以让我去驾驭一下 他会帮助我

因为 昨晚半夜十二点 我带全家去爬山 两点才睡 所以很困

八点四十五的时候闹钟响 被我按死 继续睡 八点五十手机响

Tony：Anthony， are you on the way to work?

Anthony：Yes.(我是个骗子 ＞＜...)

Tony：Get some oranges and strawberry at Colse if you can.

Anthony：...OK ...So pineapple and orange?

Tony： You still in bed right?

Anthony：＞＜ （ 被拆穿 orz ）

下午 下班 收到妈妈的短信说 儿子 爸爸已经把钱汇过去了 然后我就给
爸爸打电话

我：爸爸 你是不是给我汇钱了 已经

爹：对啊 这么快就到了

我：没到 收到妈妈短信了 不用寄那么多啊 我不是说 × 万就够了么

爹：怕你不够用啊

我：嗯 谢谢爸爸

爹：不客气

我：嗯 注意身体 有事我再给你电话吧 拜拜

爹：拜拜

（ 后四句 是不是气氛很怪？ ）

2009/11/2 『 小姑娘和里昂说 我想我爱上你了 然后她摸着胃口的地方
说这里能感觉到 』

有 大号时 阅读强迫症……之前洗手间和浴室一体 经常抓一个洗发水

或者乳液说明来读 现在 卫浴分开……我可以把厕所空气清新剂说明 倒背
如流 ＞＜

2009/11/7 『 getting into a bunny mood. gnite. 』
送给我 身处冬天的朋友：

冬天就这样来了 其实冬天也有很多好的部分 比如热的咖啡奶茶 天
然的不出门的借口 像动物一样地睡觉 冬天的时候要记得拥抱 伸开双
臂 让心与心贴紧 那个温度 会帮助你坚持到春天到来 have fun, be silly &
keep warm.

——想与你们一起的 安东尼 上

2009/11/10 『 蹲椅子上 看 YouTube 反复重复 』
上善若水

关于洗澡的回忆不清楚要从哪里开始 说起

最早的印象已经模糊 似乎只是一个脸盆 温水 然后有母亲手掌的温度
和触感 面带微笑的画面和每次她用手掌拾水时 一下下 哗啦哗啦的声音

再大一点儿的时候 印象就稍微清楚 可能是幼儿园的时候吧 天气暖和
的季节我们就在家里洗 那时候我不清楚为什么 渐渐地我妈不给我洗澡了
我爸蹲在狭小的厕所里给我搓澡 不好的地方就是他搓起来一点儿也不舒
服 手掌很粗糙 好处就是 每次洗澡都变得很快 而且 只要我一说疼他就简

单搓一搓 换了别的地方

　　冬天的时候 就不能在家里洗澡了 很容易感冒 于是我们去春柳浴池 现在还能记清那个浴池外面是黄色的 很大 气派得很 一楼是浴池 二楼是休息的地方 感觉上浴池里没有一个地方是干的 进去的时候要买绿色的门票 我一直觉得那个锁头大得有点儿夸张 浴池里有各种各样的男人 文身的人身上有大龙盘旋 身上有疤痕的人并不在意 神情安然自若 大腹便便的 瘦骨嶙峋的 每一个人都表情很安逸的样子 浴室里有一个 大池子 很多人都在里面泡 我妈妈说那里脏 有传染病 所以感觉上我似乎没在里面泡过 不过有印象的是那个池子上面 正对着一个天井 天井很高 是四方的 玻璃看上去不是很清楚 上面还长着草 浴池里一直是烟雾缭绕的 洗干净以后我爸都要去二楼喝茶 （有的时候 我们的箱子也在二楼） 二楼有一个个一字排开的黑色椅子 很多老人躺在那里休息 有一些人在修脚修指甲 有天南地北说方言的声音 有收音机里京剧的声音 我爸总会把浴巾铺在椅子上以后才把我抱上去 然后用毛巾帮我擦干 给我穿棉裤 一般来说 我和爸爸下楼以后 我妈也不会出来 女人洗澡总是很慢 这时候 我爸就会去门口给我买一个烤地瓜 我妈出来以后 我爸也不埋怨 只是温柔地笑 递给我妈一个地瓜 妈妈会从包里拿出还是湿的毛巾 蘸着唾沫给我擦脸 说 刚洗完就又弄脏 然后我和爸爸妈妈一起回家 觉得很快乐

　　再之后 家里条件慢慢变好 搬了新家 家里有了热水器也有了浴霸 不过偶尔我们也去外面洗澡 只是从浴池变成了高档的洗浴中心 洗浴中心很干爽 而且东西一应俱全 不用像小时候洗澡那样带很多东西 脱下来的衣服也有人帮你挂好 有休息的地方 什么玉石房 土炕房 玛瑙房 洗浴中心很舒适 但是我对它没有什么印象和好感 总觉得 把洗澡变成了什么别的东西 真正的乐趣不在了

　　上大学的时候 老校区没有澡堂 我和欧文都是去旁边的体育中心洗澡 那时候我刚学会骑自行车 和欧文一前一后的 几乎每天下午都去 因为我们

不是体育中心的会员 所以没有自己的箱子 就把衣服脱下放到一起 淋浴室无比地大 而且天棚有两层楼那么高 浴室本身没有玻璃 天棚是透明的 有的时候阴天下雨 这边用脚踩着淋浴哗哗地淋着热水 上面天棚也是噼里啪啦地落着水 加上欧文动不动就要高歌一曲 说等哪天他红了 就再也没有机会为我一个人办演唱会了 所以让我珍惜 我说 屁 你和红之间的距离 容得下一个宇宙 然后他就 hiahia 地笑 说你太恶毒 然后唱《两只蝴蝶》来折磨我 我只好钻到淋浴下假装听不到

在澳洲洗过一次温泉 那时候是阴天 但是小小的温泉里有很多人 小心翼翼地不要进入别人的个人空间 山腰的小屋子是桑拿房 和大龙进去以后里面坐着的欧洲来的大叔和大妈对我们喊快关门 其间有男服务生进来往炉子上加一种精油 我好奇地吸鼻子 戴着夸张金项链的大妈给我解释说 那个是松树油 对呼吸道有帮助 又过了一会儿 大叔突然问我俩 去没去那个凉水池冰一下 我俩说没 然后大叔就一个劲儿鼓动我俩去 大龙离他们近 于是先去了 大家都探着头在桑拿房里看他 我那个角度看不到 只听到大叔笑得爽朗 说 哈哈 他怕啦 等一会儿大龙回来浑身哆嗦着说 冻死了 我爱面子 知道大家也会盯着我 所以推开门一路小跑 扑通一下子就跳了进去 其实没有我想的那么冰 但是温差巨大的变化 让人探出头后 不由自主地深呼吸

去日本的时候 因为住的是很简陋的客栈 晚上找当地的浴室洗澡 客栈老板很热情地给我画图 告诉我怎么走 大概走了 20 分钟迷路了 遇到对面走来的学生模样的男生 用英语问他 他的英语很一般 不过人很热情 动作和表情都很夸张的样子 英语不成句子 两个人点头哈腰地夹杂着日文英文聊天 原来是大学生 晚上刚放学回来 他说浴池就在他家那里 要带我过去 分别的时候和他说谢谢 他很不好意思的样子说 再见再见 那个浴池有点儿像我小时候的浴池 来洗澡的人似乎彼此都认识 有一句没一句地聊天 晚上回去的时候 在便利店买了牛奶 春风吹过还是湿着的头发 樱花还没有开

后来和小茧在山上泡了露天温泉 是硫黄泉 小镇偏僻 所以男生这边只有三个人 整个温泉在山上 露天的 四周有竹子砌成的不高的围墙 淋浴以后坐了进去 池水清澈 但是温度很高 所以烟雾缭绕 和对面的人一起也不觉得尴尬 对面山上 有一片樱花树 樱花没有开放 枝头有点点粉红 这时候下起雨来 小雨不急 雨水淅沥沥地打在肩头 对面的雨被风吹得如烟一样 在山间飘荡 闭上眼睛以后 觉得身体内有什么坚硬的东西 融化了

老子在《道德经》里说 "上善若水" 意思是说水具有滋养万物生命的德行 它使万物得到它的利益 而不与万物争利 故天下最大的善性莫如水

其实每次洗澡的时候 不仅仅是洗去了污垢吧 也洗走了疲劳和铅华 或者也清洁了某些心灵层面的东西 所以才有之后的 整装待发 或者 重新开始的感觉

2009/11/14 『长假要 结束了 好惆怅……』

和小野买了盒跑山鸡蛋 其中一粒鸡蛋破了 我就在想 那粒鸡蛋会被谁吃 随着鸡蛋减少 变得紧张起来 今天开冰箱一看 哇～被小野吃啦 舒坦＞＜

2009/11/15 『总是觉得洗不干净的饭盒』

远雷说 有九种感觉你才真的在恋爱：生理上的性冲动 美丽的感觉 亲爱的感觉 羡慕及尊敬的感觉 赞许的爱情 受到尊重的自尊 占有欲 行动自由 深重的同情心

我一想 比七龙珠还难攒

2009/11/16 『 dear honey, it is all about timing 』

最近 读了大剑的《荼蘼肆野》 是关于感情的故事 可以看到恋爱中的

模样

记得最清的是 一处对话：她忽然笑了，问我："你为什么喜欢男人？"
我答："因为第一个喜欢我的是个男人。"

感情的事总是很难说清 自己一个人太久了 就会怀疑自己是不是真的
哪里不好 或者人格有问题 所以人家都成双结对 自己还是孤家寡人 好的
恋情是什么样子 我觉得可能是 当你和他在一起的时候 看到的不是自己的
丑陋 而是 自己的好

2009/11/17 『 sometimes I wonder 』

连续三天 睡觉以前 看英国的《动物世界》 几内亚岛上生活着二十多
种形态各异的 极乐鸟 它们雨季过后便活跃起来 不厌其烦地 欢快地清理着
它们的舞台 飞来飞去地衔起来一些树叶 或者叼起木棍来擦拭地表岩石 等
一切就位的时候 它站定在舞台中央 开始优雅地翩翩起舞 这么美丽的舞蹈
就在丛林里静静地开始 又无声无息地结束 伦敦腔的画外音响起 "如同我
们人类一样，它们不仅仅是存在而已，它们也意识到自己的存在。"

我觉得有的时候 人类还不如动物 我们只是存在而已 并没有意识到自
己的存在

2009/11/18 『 sunlight mark 』

亲爱的不二 抱着你睡觉的时候 也不觉得彻底地拥有你

总觉得我醒来的时候 你就会消失不见 日光在你睡过的地方停留 留下
明亮的光斑

记不清 悉尼歌剧院 能记住 半夜的港口 你说冷的时候 我解开扣子把你

搂在怀里以后 你发梢的味道和你身体慢慢蔓延开来的温度

记不清 北京故宫博物院 能记住 你一边开车一边找车位时探出脖子的俏皮表情和我们在车里分享的 一条茉莉花口味的口香糖

记不清 上野公园 樱花飘落的情景 能记住 一起在樱花树下走过 小心翼翼挑选话题 控制和你前后距离时的微妙感受

记不住 我们一次次旅行时候火车的终点站 能记住我们偶尔对视 间或牵手却没有任何对白的安静时刻

记不住一次次 飞行时候的目的地 能记住一次次支撑我去找你的坚定心情

所以啊 我就在想 人生 之所以珍贵 说不定 不是我们去过的 一个又一个 精彩华丽的 旅游胜地 而是 旅途之中 寂寞 无聊 不可打发的时间里 有你陪伴吧

2009/11/19『祝我 × × 顺利好了』
妈妈

忘记了那天是怎样心血来潮 和我妈在打越洋电话的时候 忽然说 下次专栏想写写你 她停了下 然后说 有啥好写的 听起来有点儿不好意思 我说还不清楚 不过你等着看就好 然后 她说好 我等着 听起来开心的样子

我拿着笔在图书馆 不知道要怎样下手 想过用写信的方式 那样会比较适合我表达情感 想过用代入方式 比如名叫"像妈妈那样过一天"这样可能比较有趣 而且帮助读者换位思考 可是想来想去 感觉都不对

后来我想 干脆把这些笔记上想到的点点滴滴都放到一起好了 不在意

人称的统一 事情的大小和时间顺序 就这样随便写写 我能想起来 关于妈妈
的事

　　我记事以后 大部分人都不叫妈妈的名字 他们有时候叫她亮亮他妈 有
的时候叫她克臣他媳妇 我更喜欢他们叫我妈妈 小孔 听起来年轻

　　我妈妈是教师 之前是班主任 后来教写字 妈妈的钢笔字和毛笔书法写
得都很漂亮 不过我的字写得很丑 上次最世公司在北京活动的时候 我们在
板子上签名 被读者传到了网上 我回大连以后 我妈说 你的字写得太难看了
吃了晚饭以后 她就握着我的手 教我怎么写 安东尼的签名 （不过 练到最
后 她也放弃了 说 你签英文名字好了）

　　我妈好像一直把我吃饭 当成很重要的事 她从来不随便糊弄 一般每顿
饭都有两菜一汤 每次我吃不完她就生气 我俩一起吃饭像打架一样 后来她
发现我吃饭从来不添饭 但是只要是自己碗里的就会吃到一粒不剩 她就买
了一个巴掌那么大口的碗 后来我上大学去沈阳 每次回学校的时候 妈妈肯
定包饺子 不论她有多忙 而且还装一盒 让我带到学校 我嫌有味而且怕洒
就死活不拿 她就很生气又很失落（不过 每次我回到寝室以后 就后悔 要是
带了那盒饺子就好了） 后来出国了 妈妈每次电话都要问 今天吃了什么啊

　　我爸爸经常说 他年轻的时候如何如何 我妈妈很少说 她只是经常和别
人说 "我儿子小的时候 怎样怎样"

　　我在家里放音乐 我妈就受不了 说听了心烦 可是每天早上做早饭的时
候 她就把广播调得很大声 听早间新闻 我早上一听广播的声音就 一肚子火
又不敢发作

　　我刚出书的时候 我妈说我不务正业 让我好好学习 后来书出了一阵子
我爸单位有些人买这本书来看 我妈知道以后不放心我写了些什么 于是她
也把书看了一遍 然后 她留言给我说 写得很好 她很喜欢 后来每一期专栏
她都会看 有天在我 MSN space 密密麻麻的读者留言里 看到她的留言 短短
的一行 她说 "我也是你的粉丝 我会一直支持你" 当时觉得有点儿肉麻

又有点儿感动

我妈对我的要求一直不是很严格 她以前一直说 人品第一 体格第二 学习第三 高考的时候 同学们都会开夜车 一般来说家长看到不是都很欣慰么 我妈就不 她要求我晚上十一点必须睡觉 我记得有次我作业很多 写到晚上一点还没写完 然后我就开台灯用毛巾盖在上面 偷偷写作业 结果我妈晚上起来上厕所时看到我的房间有光 她推开门 让我立刻睡觉 我说我还要写点儿 她穿着内裤背心站在门口说 你不上床我就不回去 后来 我出国了 我妈对我的要求变了 她说 身体第一 人品第二 学习第三 我问她怎么人品不重要啦 她说 你不在我身边我照顾不了你 所以希望你好好照顾自己 至于人品以后你回国了 我还可以慢慢调教

我每次缺钱的时候 打电话回家要钱 我妈妈总是说我花钱大手大脚 把我教育一番 可是每次汇到账户里的钱 都比我要的多

我妈妈长得比别的同学的妈妈看起来老 她也不化妆 她的头发白得很早 可是她又不去染 她说染发对身体不好 我很喜欢她那种自信 不过不知道为什么 我给她买的东西她似乎都不怎么用 去年年底给她买的雅诗兰黛的精华 今年十一回家发现还是满满一瓶 我问你怎么不用 她说太贵 她舍不得

我妈妈的手 比别人妈妈的手都好看 很柔嫩又温暖 小的时候拉着我去幼儿园 长个子的时候她学了一种按摩方法 帮我按摩屁股到脖子这条骨头说是能长很高 哭的时候帮我擦眼泪 我困了抱着我睡 成功的时候为我鼓掌十一回国的时候 我们上街 我拉着她的手 她开始有点儿不好意思 后来我使劲拽着她 她也随了我 让我觉得欣慰的是妈妈的手一直没有变老 我给她买了一小瓶就要六百元的护手霜 我说你一定要天天用 不要舍不得

我和我妈打电话的时候 她一般就两件事 一个是吃了什么 再就是最近好么 一般我都草草答复 问她好不好 她永远都说好 让我放心 这期间包括

有一次她做手术 有一次爸爸生病住院 不过那些都是我后来才知道的 我想是不是妈妈嘴里的好 是条件反射 也许她也不是特意来安慰我 只是 本能地就说自己很好 让我别担心 就好像 有好吃的 她都留给我和爸爸 自己不吃 也许有那么一种什么反射 如果是妈妈的话 会觉得那东西不吃也没什么

我妈妈很少在自己身上乱花钱 她最好的一件衣服可能就是爸爸给她买的羊绒衫 后来我家进来小偷 那衣服被人偷走了 她难过了很久 不过给爸爸买裘皮的时候 她连眼睛都没眨 这次我回国的时候和妈妈说 我准备贷款买房子 我妈就打车陪我去看房子 她知道我看上了那套精装海景房 就支持我买 帮我付了首付 我说每个月还 4000 压力好大 她就很有大将风范地说 这些钱以后你都能赚回来 实在不行还有爸爸妈妈帮你呢

姥姥在我没出生的时候就去世了 妈妈很坚强 她说那时候很难过 可是都没怎么哭 现在回想起来 那时候妈妈是很少哭 不过我觉得现在妈妈越来越容易哭了 我出国的时候她就哭了 听说我出车祸的时候她也哭了 她有时候在我面前 讲姥姥的事也哭了

我妈省吃俭用 可是 大学的时候我们一个年级的同学得了白血病 我们捐钱 我问我妈可不可以多捐点儿 结果后来我是我们班捐得最多的

之前大学毕业的时候 我们全院大概三百人合影 人都很小 站了六排 尽管用了大的相纸打印还是看不清脸 我爸找不到我 我妈却一眼就看出来了 这次回国的时候 我妈找一条电话号码 死活看不清 说亮亮你帮妈妈读读上面写的什么

我妈和爸爸 上次来墨尔本的时候 只匆匆地玩了一周不到 因为我那时候特别忙照顾不了他们 当时还希望他们早点儿回去 后来在机场的时候 有很多老外 我妈非要和我合影 我装酷 说在机场照相太丢人 我给你和爸爸照

好了 我爸也不配合说没啥好照的 后来我妈就冲我发火了 我被逼得不行 只好找老外给我们拍照 照相的时候我板着脸 妈妈在笑

我小的时候 觉得妈妈什么都不知道 可是那时候她什么都要管 现在我长大了 觉得妈妈说的很多话都有道理 可是我现在问她要不要这么做 或者那么做好不好的时候 妈妈就说 我老了 跟不上时代了 你怎么想就怎么做吧 妈妈相信你

…………

写来写去 发现这次的专栏 超字了 其实关于妈妈的事还能写很多 我想妈妈一定是希望我好的吧 她必定看不惯我这般宅的状态 她必定看不惯我一天只吃一顿饭极端颠倒的混乱生活吧 她必定看不惯我这般潦草地对待自己吧

百度百科说 妈妈这个角色 并不是每个女人都能当的 我觉得妈妈演的是一个悲剧的角色 最令人难过的点 不是她有多吃苦 给予了多少不求回报的爱 最让人觉得难过的是 她一直把这个角色当喜剧演

她说 "只要你好，妈妈就开心了"

妈 你现在好么 爸爸出差了 你又是一个人在家吧 大连又开始冷了 暖气还没来的话 你就开空调好了 有的时候我会想 我和爸爸都不在家 过冬的白菜要谁帮你搬 我知道你这个学期又当班主任了 一定很辛苦吧 你有没有好好吃饭呢 你的身体到底有没有不舒服啊

妈妈 当你的儿子 真的是太好了

2009/11/21 『牛奶泡饼干 泡桃酥 想吃～』

给师傅电话 问：你哪儿去了

师傅说：我去做手术了 大手术

我. 你没事吧

师傅：切了痔疮

我：哦（松了口气）

师傅说：徒徒 我跟你说 一定要保持那里的卫生和干爽 太他妈遭罪了 那阵子 我每次大便都 号啕大哭

我：嗯……哇 哈哈哈哈哈哈哈哈哈哈哈哈哈哈

安得广厦千万间，大庇天下寒士俱欢颜——杜甫《茅屋为秋风所破歌》

应该把杜甫送去当市长 解决人民住房问题

2009/11/22 『亲爱的 我们都会一天天 变老 然后死掉 多好』

因为小野烤了香肠 我心血来潮用微波炉煮粥 小野说你用电饭锅啊 我说懒得洗 我问你要不 他说不要 肯定不熟 我说 屁 我可是职业厨师 不要质疑我 结果真的没熟 >< 他说没熟你就别吃了 我说熟了啊（睁眼说瞎话）后来我们边吃饭边看《24 小时》 为了证明熟了且很好吃 吃了一盒夹生米饭 嗯

2009/11/27 『一个夏天 只穿了一条牛仔裤』

因为要考试 加上绘本要交稿 所以我请了三周假 今天第一天回去工作

按说 我很期待回去工作 因为我手上没钱啦 而一天工资两百的话 做十天就能买个 苹果笔记本了

淘尼是我的大厨 平时嘟嘟嘟嘟的 嘴不停 念这个 念那个的 但是人不坏

而且工作蛮认真的 我觉得他还不错 之前我老板娘 把淘尼辞退了 不过过了半年 因为我们现在开始忙了 我也要离开了 所以 又把他请回来了 请回来之前 老板娘 问我 "安东尼 你觉得把淘尼叫回来怎么样"

我说 "我不在乎啊 反正我圣诞以后就不在这里做了 不管哪个厨师来 我都无所谓 只要他好好干活 让你多赚钱就好"

老板娘 上来 抱住了我 "oh sunshine" 她说

淘尼回来也一段时间了 我们一起工作得还好 他时不时和我说老板娘和经理坏话 我就闭上嘴笑一笑

今天 第一天回去工作 晚上是 24 个人的 生日晚会 四个 course 的菜 甜点我们不用准备 客人自己有生日蛋糕

从早上九点 工作到晚上十一点 主菜上了以后 淘尼就和我说 他要回家了 问我能不能一个人 切生日蛋糕 然后装盘 我说好的

然后他就走了（结果是出去 喝啤酒了 因为今天很热）

晚上九点的时候 我看了下 running sheet 甜点是九点半开始 然后我就把他们的生日蛋糕拿出来 准备切了 生日蛋糕外面有一圈 巧克力 切的时候要拿掉

淘尼 喝完酒 进来准备拿东西回家 看到我在弄蛋糕 就问我 明天想什么时候上班 正在这个时候 我们前台的经理 进来了 我正在清理外面那圈巧克力 她说 "啊 安东尼 那个蛋糕 客人还没切呢"

（我们官邸主要是结婚的 很少切生日蛋糕 一般 婚礼的蛋糕 就 按照 running sheet 前半个小时左右 切 然后装盘 生日蛋糕一般就放到 大厅里 主菜之后 客人会切一下 然后送到厨房的冰箱 不过因为今天实在太热了 客人怕巧克力蛋糕化了 所以就放冰箱里 准备切的时候再拿出去 不过没有人告诉我 而且 大厨淘尼也没嘱咐我）

我经理话音刚落 淘尼就像发疯了一样 对我吼 说我笨 F×××word 也上了 厨房里很多人 都听到了 然后我就说 "你要先走 留给我一个人弄不说 关键是 你也没告诉我 我怎么知道"

然后 他又是一个 F×××word 我俩就自己干自己的了 (我吵架的时候 很弱 也不喜欢辩护)

其实吧 他骂我 我也没啥 后来他可能也想通了 就过来和我说 简单收拾收拾就回家吧 明天你想几点上班 我说九点 他说好 然后说 谢谢 就走了

有趣的来了~

然后 经理把切好的蛋糕拿进来 和我说 现在你可以切了 亲爱的 然后对我眨眼一笑

后来 洗碗的 意大利大妈 日娃卡 也过来安慰我 说别生气 淘尼是个2B

切了蛋糕以后 为了补偿 我自己做了些巧克力的装饰 插在每个盘子上

弄好了以后 我开始收拾 这时候 老板娘来了

她问 亲爱的 你咋了

我说 我没事啊

她说 我听新狄说 淘尼骂你了

我说 哦 不要紧

老板娘 拽着我 进了冷库 说 不行 你来 我俩得开个会

后来在冷库里 我给她 解释了一遍事情的缘由

老板娘说 这不是你的错 也没人告诉你 他不该骂你 不过 你下次切之前 要看看 那个生日蛋糕有没有切过的痕迹 如果客人还没动 你应该问问经理的

我点头说 嗯 对

不过 老板娘补了一句 "就算是你错了 也轮不到他来骂你 咱们这里 只

有我能骂你 妈了个巴子的"

　　说完之后 上来抱了抱我 当时我就囧在那里了 心想 大厨骂小厨不是天经地义的么 厨房里不一直这样么

　　唉 明天还要工作 洗洗睡了

　　P.S. 淘尼也没那么坏啦 有的时候对我也挺好的 而且 一开始我工作时语言不好 他也不厌其烦地教我 他这个人就是脾气不好 而且嘴不好

　　我也没事啦 工作上的事 我都不往心里去的 不过 以后也要长点儿眼力见儿 才是

2009/12/1 『走路 越来越像 李倬屹 ＞＜』
　　今天给妈妈打电话 妈说 她和爸爸昨天参加同事孩子的婚礼 今天一大早爸就起来用电脑 结果她刚刚看到 word 文档里 我爸给我写的东西 妈说他是这样写的 "今天是 ×××和我儿子的婚礼"‖－－

2009/12/8 『 Where The Wild Things Are 』
　　今天晚上 来小屹家睡 自从准备搬家以来 我发现 我的床越来越不舒服了 于是想好好地睡一觉的话 就要来 小屹家

　　打电话给小屹 他说要和阿尹去理发 然后 我就一个人 来到 city 新家 收拾了一下房间 去 crown 看了个电影
　　在 crown 大厅和 Dave 发短信 我说坐在这个超舒服的沙发里 华丽的大

厅一角 觉得自己像有钱人 他说 我懂

然后 就去排队买电影票 忘记这是我第一次一个人看电影了 原来这个
也会上瘾 排队要看 *Where the Wild Things Are* 之前说好 和 JJ 一起看的 我
俩老排不到一起 买票的时候 窗口里的女生和我确认说 晚上九点十分的 我
说 不是有个八点的么 她说 那个是 Golden club 我说 就那个好了 她看我的
眼神好像是说 really？ 我不知道怎么回事 她说那个票价 30$ 我问 没有学
生票么 她说没有 我说就那个吧 因为时间适合我 那个女生说 You got love it
"there are food and drink" very large seat

我一想 还有吃的啊 这个钱花得值

穿过金黄色的大门和走廊 推开门我就尿了 有个西装笔挺的服务员上
来 收了我的票 然后他问我之前来过 我说没 他说好 Lisa 会给你介绍的
然后 就出来一个女生 她和我说 跟我来 我们来到一个沙发旁边 她递给我
一个 点餐单 我一看 原来点餐要额外花钱的 >< 可是我提前一个小时进来
加上 旁边沙发上的人 都是成双成对的 我一个人 坐在那里太尴尬了 于是
我就要了一盘 意大利面

半个小时以后 金黄色的 club 里 就出现了这样的场景：

穿着华丽的 一对对老外在 喝着红酒谈情 一个亚洲男生穿着运动服 闷
着头 大口吃意大利面

电影开始了 Lisa 过来 说 先生 电影开始了 让我来带你去吧 进了电影
院 一看 我 C 也太浪费空间了 整个电影院 才 60 个座位不到 沙发有点儿像
飞机商务舱的感觉 Lisa 帮我演示了一下 那个椅子怎么用 忽然 就跪在一旁
问我要点什么酒水 我本来不想要什么喝的 她那么一跪 我就垮了 说来个热
巧克力吧 （快快请起） 电影开始了 我发现大家看电影的时候点东西 服务
员 都用跪的 ><

电影很好看

有的时候我在想 是不是 每个小孩 有一天会哭 那个眼泪不再是 kids tears 而是 grown up tears 然后 他就知道自己再也不是一个孩子了 就离开了 之前生活的地方

也会想 是不是 每个小孩 都会被 父母说 What's wrong with you? 然后孩子都会逃跑 然后 他会遇到另外一些孩子 孩子们一起生活的话 快乐啊 愤怒啊 忌妒啊 恨啊 爱啊 都会变得很纯粹 不过太纯粹的东西就不牢靠 也不知道要去哪里 于是 孩子就要学会 一个 "缺点" 这样 他就有了成为大人的资本 然后 他就不再和那些孩子玩了 他会离开那里……

看到后面就 哭了 脑袋里 想象着 男孩走了以后 暴力怪物 和 长头发怪物说 不要紧哦 他带走的 那个 "缺点" 是假的 然后两个人 笑了起来

看了电影以后 就很想跑 想大声叫

2009/12/11 『把你的脸颊 靠在我的胳膊上 即使是夏天』
写东西进入状态以后 就是一种难以言喻的混沌模式

有的时候 脑子转得飞快 有一些 平时 想不到 或者 根本不沾边的东西 故事 情节 就会出现

然后 是漫长的呆滞期 体现在 动作变慢 效率变低 经常听不到别人说话 目光呆滞 对话难以进行

写了一个又一个故事 发给朋友看 有的朋友立刻回复说 过几天给你回复 要静下心读 然后 过几天写了长长的短信 说 很舒服

有的朋友 安慰我 要注意身体 从 文案里 复制粘贴 一部分说 最喜欢这里了

有的朋友说 成了 赢了
有的朋友 开始 问我一些问题

还有 一些朋友 帮我改了错字 指出人称的错误

……对不起 我现在 又有一点儿停滞了 有点儿表达不清
总之 谢谢朋友 你们一直 支持 不离不弃
可能因为我 最近 是写作模式 所以特别反常 有的时候 你们的一句话
不管是 鼓励 还是指正 都让我 感动得要流泪了
可不可以 一个一个 紧紧熊抱 抱到最后一刻

当你看到这篇日志的时候 不用 怀疑 我说的就是你
因为 是混沌模式 打工的时候 脑子也不在转 整个是 空白的 昨天晚上
写到三点 今天八点开始上班 到晚上十点 工作的时候像 梦游一样 左手被
切了一刀 右手被切了两刀

service 的时候 又把鱼的沙司放到了 鸡上 很多次 走进厨房 站在那里很
久 然后想 哎 我来这里干吗……今天 又被淘尼骂了 不过我觉得真的是我
不好 没有好好完成任务 和淘尼说 对不起 我说我实在太累了 脑子根本不
转了 我说我不是偷懒 要不 换别人来做 他说不行 最近这么忙 一下子找不
到新人

晚上 回家 已经是晚上一点了 上线写了 编辑发来的杂志上的人物 去泡
热水澡 刚放松下来 忽然想起来 deep fry 没关 然后跳出浴池 给老板娘打电
话 已经是凌晨了 幸好老板娘没睡 我说 deep fry 好像没关 她说她去看看 过
了一阵子 她给我回电话说 你已经关好了啊 她说 亲爱的 你累疯了吧～快
去睡吧 明天 又要工作 十多个小时～

希望 文案能保持现在这个质量 按时完成

希望 工作顺顺利利 不要让我 mess up

过了圣诞 就都好了

晚安了 大家

2009/12/20 『小野的眼镜让我晕』

从前 有个男生 他的女朋友死了 出车祸的那天傍晚 他们依旧在桥上约会 夕阳美丽得好像电影里的场景 她穿着 白上衣蓝裙子的女生制服 她是班级里 少数几个 在校外也会穿制服的女生 说的最后一句话是 我走啦 晚上给你电话

后来就出了车祸

双方父母都很悲痛 也很担心男生经不起 这个挫折 男孩参加了她的葬礼 没有大哭大闹 过了两天 就回到学校了 他穿着女生的制服

父母觉得 这比他大哭大闹还让人担心 觉得他精神出了问题 朋友也很担心他 迷惑不解 他为什么要这么做

他很认真地 一脸干净的表情说 走的时候连再见都没有说 要怎么办呢

她最喜欢穿制服了……总觉得 这样才能活下去 还有什么办法呢

男生长得很干净 加上因为怀念女友而穿女生制服上学这件事 更是得到学校很多女生的青睐 可是他仍旧 独来独往

傍晚的时候 他坐到桥上 就像之前一样 眼泪模糊眼眶的时候 隐隐约约看到 对岸的她 她在那边 笑靥如花 向他招手

晚上做梦 女生推开房门 来到他的房间 俯下身子吻了他

她说 如果没有好好分别的话 果然不舍得离开呢 你一直都那么温柔 我

去了哪里都不会忘记你

　　只是 你要幸福啊 不要做 穿女生制服上学 那样的傻事了 她调皮地笑 笑容里有一丝怜惜

　　男生抱住她 狠狠地点头 想说什么 却发不出任何声音

　　早上起来的时候 那一套制服就没了……

　　……安东尼·改编自吉本芭娜娜

2009/12/22 『粗糙圆润的 小脚趾』

　　好像 每年这个时候都要搬家 多多少少有点儿厌倦 可是 也有对新生活 的 期待 这次要搬去 melbourne 离开 sunbury 这个 民风淳朴 地广人稀的地 方 开始 sex and the city ^^

　　搬家的时候 能舍弃的 不能舍弃的 重要的 不再重要的 就一目了然

　　用过几次的加湿器扔了

　　和小狗吵架的时候 跳到水池里 脚被玻璃弄伤 捡回来的 衬衣扔掉了

　　之前 每天都要用到 不离手的 sunbury 的列车时刻表扔掉了

　　上千元的电子词典扔掉了

　　穿了几次的 T 恤 扔掉了……

　　已经坏掉的东京塔纪念钥匙扣留了下来

　　你戴了好几年已经褪色的一段红绳子留了下来

　　两年前和你一起去看的 演唱会门票留了下来……

　　有些东西 你只是觉得它重要而已 其实扔了也没什么

　　有些东西 某一段时间 对你很重要 过了那阵子 该扔了就扔了吧

有些东西 你知道 就算扔掉了 它的痕迹扔不掉 所以就一直带着

亲爱的 不二 我们又要开始新的生活咯
意气风发 意气风发

2009/12/25 『再见 谢谢你』

今天是在官邸工作的最后一天 我已经搬家去 city 了 24 号晚上早早地就睡了 把车子加好了油 选好明天要听的 CD

早上五点开着 GPS 从 city 出发 到了 mansion 淘尼已经在那里工作了 他说 Hey, sunshine marry x-mas. 他说今天是你最后一天在这里工作了 我有礼物送给你 我打开盒子 里面是一双很贵的德国造的厨师鞋子 淘尼和我说这双鞋子很舒适 因为鞋底的特殊设计 即使站久了也不会累 而且防滑 这样工作起来很安全 因为厨房有的时候地上有油 他还说 我特意买了大一号的这样 如果烫伤的时候 你一甩就可以把鞋子脱掉 我很感动 我说 我也有礼物给你

我在 david jones 地下给他买了一套 T2 的英式早茶套装 因为我和淘尼工作的时候 每次早上来的时候 他都会问我说 How about start with a cup of tea.

淘尼 总喜欢让我给他泡茶 他说我是他遇到的能泡出最好的茶的人 他说他被辞退的时间里 很想念我的英式早茶 他觉得是我的中国基因致使我泡的茶好喝 我就笑笑 其实我知道为什么

我每次泡茶的时候 会把我们的茶杯先用热水烫 一下 让茶杯温温的 然后我用两个茶包 不过我从来没告诉过他

一般只要我和淘尼一起工作的话 早上去的第一件事就是 给我俩泡茶

然后吃点儿饼干 三明治之类的东西 所以 给他买圣诞礼物的时候 我就想到了这个 我在卡片上写：Dear chef how about let's end up with a cup of tea as well. It is been great to work with you. Thanks for all the help. I gonna miss you.

淘尼看了以后 说 Oh, I love this.

我告诉淘尼说 我的茶好喝 因为我用两个茶包

他眼睛一亮说 Now you are speaking.

我笑

老板娘八点左右起床来到厨房 和淘尼抱了抱 给了他礼物 又走到我这里来 说 Honey, last day at work. How you feel?

我说 I am OK.

她给我一瓶 爱马仕的大地香水 说 I got you this one. It is very fancy. It suits you.

给老板娘的礼物 我一个月前 就买好了 是大红色的最新一代 可以拍视频 功放的苹果 nano 我在里面已经储存了大概 5G 的 老板娘喜欢的 爵士和蓝调音乐 机器后面刻了字： Dear Magi. Thx for all the love and free food. I love you. — Anthony

老板娘 握着 nano 说 I am going to leave you alone now. You are going to make me cry.

我和淘尼做圣诞餐 已经驾轻就熟 一切都在掌握之中 大家都很开心 甜点之后淘尼就出去和家里人一起过圣诞了

我一个人在收拾厨房 一边收拾 一边就有哽咽的趋势 妈的 也不知道是为什么 完全控制不住 我本来以为 辞去这份工作 去 city 过新的生活 我会很开心的 结果 不争气 好几次眼泪都要 破眶而出 开始收拾自己的东西 制服 鞋子 刀 平时写的菜谱 设计装盘的图 从家里带来听的 CD

弄好以后 去后厨给洗碗的两个阿姨 日哇卡 塞爱吴 送上了礼物 在

mansion 工作的这几年 她俩对我帮助也很大 很照顾我 送给她俩每人一瓶 碧欧泉护手霜 两个阿姨都很开心 说祝我以后工作顺利 常回来看看

　　跑去前面给所有人敬酒一杯 然后我就要走 感觉自己得快点儿离开这个地方 否则会 决堤 会垮

　　大家问我为什么要匆忙离开 干吗不坐下来一起喝一杯 我说朋友家有 xmas party 我要赶过去 老板娘就说 好吧 反正你回国之前 我们会给你办个 party 那时候见 然后她把我送到门口

　　我还穿着厨师的裤子 拿着我的书包 刀具 走下 mansion 的台阶的时候 眼泪就像溪流一样 往下淌 我真的一点儿都没夸张 我不敢擦 怕老板娘还在后面看着我 也不敢回头 我就大步往停车场走 走到车边 没人看到了 我就像一个傻瓜一样 哇地哭了起来 完全控制不住地 很大声地 鼻涕眼泪一大把地哭

　　五分钟以后 我哭累了 慢慢地安静下来 这时候我才意识到 mansion 在我心里多重要

2009/12/31 『蛋炒饭 外加一个蛋』
city 其实没有我想的那么好玩 也可能因为同学朋友都回国的关系 因为新家没有锅 也懒得做饭 整天吃水煮蛋 把皮肤吃得很好

　　后来那那 多次打电话 他家在海边 港口附近 前院后院都是植物 有 高矮不同的树 各种颜色的花 穿过院子的时候会有臭臭的味道 那那说是隔壁大爷施肥了
　　那那的院子里 是姥爷家的味道

然后 我就壮着胆子 一个人开车来到他家 过了几天

刚刚 我们四个人组团 玩 Dota 因为屋子里实在太热了 四个男生都光着膀子 结束的时候 那那光着膀子去院子里乘凉 我一边穿 T 恤 一边出去 嘴里寒碜他说 你看你 挺个大肚子 光膀子站外面 人家老外姑娘看了 多给中国男生丢脸

那那笑笑说 至少我衣服没穿反 我一看自己身上 >< 了

晚上 我们几个一起去看新年烟火

嗯 2009 年就这样过去了

亲爱的 我还能记得和你一起过的 2000 年 那时候 我们在我家 我很困 你却兴奋 一直要出去玩 后来我躺在床上昏昏欲睡 你踩着下铺 弹我的鼻子 那种难受的感觉现在还能记得

然后 就 1 2 3 4 5 这样 就连千禧年的尾数 也成了两位数了

2009 年 谈过恋爱 分过手 被朋友伤过心 后来忘记了
也伤过朋友的心 不是有意的
遇到过挫折 也有顺利的时候 总的来说也不坏

明天就 2010 年了 加油吧

如果我的手臂有 这么长

>-----------------------------O--------------------------------------<

一定紧紧抱住你们 地球很难逃离 但是可以尝试一起 jump

2010/1/22 『Cafe de wheels since 1945』
那那家的 冰箱贴 很有爱：
I don't have an eating problem. I eat. I get fat.
I buy new clothes.
No problem.

2010/1/24 『我又开始狂刷页了』
先说说最近开心的事
今年的房子有了着落 我从 city 又要搬家去越南人区 尽管是穷人区 但是能和小野 还有 ps3 一起住 我还是很期待的 而且房租便宜 走路五分钟距离就有菜市场 方便自己做饭吃 只是但愿不要有 老鼠

最近 认识了一些有意思的人 比如走路一瘸一瘸的但是看起来可爱 又嘴硬心软的女王受
和我一样身材瘦高的拉小提琴的小德国
二十岁有了三套房子两个跑车盖房子的米兰人
塔斯马尼的舞者亚当是亚撒克逊人
布里斯班还有一个月就二十五岁的小护士
悉尼联邦银行里工作的 kyle……每认识一个新的人 就看到了一个 不一样的世界 然后一点点地 连自己看世界的方式都跟着改变了

昨天晚上 来那那这里 上网 半夜十二点 发现带了笔记本没带变压器 那那陪我开车回去拿 因为要等亚当的短信 正好我摸出了 两枚一元硬币 我就和那那去 crown 玩老虎机 一人一枚 进去的时候 被保安拦了下来 问我要证件 我钱包在车里 我说我没带 那个人问我多大 我说二十五岁 然后他摇头说 nah you need ID 这时候那那就站在我身边 那人愣是连看都没看 我那天

还没洗脸 他还觉得我不到十八岁 当时心里温暖的幸福感啊 分一分可以帮街上没家的人过冬了

欧文从墨尔本回国 那那 还有我 我们三个去看了澳网 我连世界排名前十的 Andy 都不认识 欧文给我讲解怎么看比分 那那注重细节 和我说 你看那个左边的 每次擦完汗以后都把毛巾随便扔 人品真差 hehe

之前觉得 各种事情啊 这个那个的有点儿乱 有点儿迷失的感觉 但是现在 慢慢地都 back together

echo 回国以后 绘本的进展又开始靠谱了 因为我的文案迟迟没有完成的关系 给 echo 李安 小西 阿亮以及公司其他同事带来了压力 很不好意思

昨天晚上 写绘本 2 号广告的文案 晚上两点才睡 今天早上六点就起来 想着 今年准备出的绘本和散文集 以后要开始的工作 遇到的人 在菜市场那里的生活 七月时准备的和欧文那那等人的新西兰旅行 就觉得 生活真好 ＞＜

激动之余 就躺床上 给小四发了短信 没头没尾地 来了句 Just wanna say thx. Have fun in france.

结果 没过几秒 这家伙 就用英文回复 Just had a hug with John Galliano!

……很不争气地 回复了 Really? How? Why?

我现在在那那家 猫本这几天变冷了一点儿 有点儿感冒 但是很有元气 准备好了过年 嘿嘿

2010/2/1 『 这些都是 你给我的爱 』
绘本来不及在情人节上市了 今天 写了广告的文案：

飞机飞过天空 拉出的线一会儿就消失了
沙滩上的脚印 涨潮落潮以后就不见了

石头跌入湖泊形成涟漪 水位就上涨了一点儿
风吹过湿地 草和树木就默默拔节

如果 只是我呢
如果只是 味道 眼神 拥抱 泪水 笑容 你做的吃的 在一起的时间 走过的
旅程 住过的城市 消磨的时光

那些 陪我一起傻过的人啊 你们在我身上 留下了什么
我该死心塌地地找回你 还是要微笑后坚定转身 从此变得聪明

之前那个我 和现在的我之间的距离 被许多细小琐碎的事填充着
这些都是 你给我的 爱吧

2010/2/8 『欧文的文凭太高了』
收藏品

如果你现在出现在我面前 我想我会一动不动 安然自若地对着你微笑
表情憨厚而无辜 嗯 就是这样 装作不放在心上 是我少数充满自信的看家本
领之一
　　那时候 正午的太阳一定在我背后 温暖地照耀着 然后我会顺着阳光的
方向 走向你 将你紧紧抱住 把鼻子藏在你脖颈后面 用尽全力 好像要吸尽
整个夏天的气息……

躺在赛马场的 长椅上 心里默默这样想着

欧文从阿德莱德 过来考 CFA 本来是要来我家住的 因为我那天工作 他就去了那那家 在那那家看了周六的时刻表 结果周六早上没有车 于是他给我打电话 问我怎么办 我说 你还是来我家吧 至少可以开我的车去

晚上五点的时候 欧文来电话说 我到了 来车站接我吧 我开车去车站 看到他坐在板凳上 远远地看到我 就开始招手 拎着双肩背包走了过来 我们大概一年没见了 我问 你怎么还是那么邋遢 他笑说 哈哈 你看我这条裤子 半年没洗了 本来是软的 现在都变硬了

他上车以后 我开始往家里开 途中他给我讲 今天的遭遇 先是下飞机以后 那那去接他 结果坐错了电车 后来只好走到 city 吃饭 后来 跑到那那那里 发现没有 bus 然后 去 footscary 坐 vline 来我家 结果刚到车站就错过一班 只好再等一个小时 好不容易上车了 结果睡着了 如果不是里面的人下车 肯定坐过站 结果 匆匆忙忙地 跑下来 忘记了买的水果 我一边开车一边笑他 说真垮啊

晚上的时候 我和小野在厅里看 十频道重播的 《泰坦尼克号》 欧文在我的房间里复习 他带了将近十本都很有分量的书 那个考试的全称是 特许金融分析师 欧文说这个考试要通过三次才能拿到资格认证 不过如果拿到那个认证 去上海工作 年薪 40 万的工作还供不应求 我听了以后觉得 好厉害

他说 明天我一早就要走 晚上你坐车来 city 我们叫上那那和璋 一起去吃个饭 我说我陪你去考试吧 我在外面等你 尽管有 GPS 墨尔本的路 你也不熟悉 他问 你一个人在外面等一天 不会无聊么 我说 没事啊 拿一本书去 而且 我正好有个专栏要写

早上起来 欧文第一句话就是 操 不想去了 想好好睡一觉 我躺在床上

开玩笑说 那你继续睡好了 他从床上蹦了下来说 这不扯淡么 报名费一万多呢

周日的早上 路上几乎没有车 上了高速以后 我们用 150 的速度 向 city 奔去

开了将近一个小时 欧文感叹墨尔本的建筑颜色鲜艳 设计独特 他说 墨尔本早晚赶超悉尼 我说 悉尼和墨尔本的风格不同 没有必要做比较 就好像上海和北京 开到了那个区域 GPS 不识别街道名 看到有阿姨在跑步 我们停车问路 看到我们以后 她停下来 我上去问 请问你知道莫纳什大学怎么走么 她问 你们去哪个校区 我说最近的那个 她说 直走以后右拐 然后犹豫了下 又灵机一动的样子说 顺着这个电车道走就能看到了 我说 谢谢 她问我 今天学校注册么 我说不是 我们去考试 她说哦 祝你们好运 谢过她以后 我俩就继续上路 找到考点以后 我俩把车停好 去吃早饭 走着走着 对面来了一个 亚洲样子的男生 用地道的英文问欧文 CPA 考试的地方怎么走 欧文给他指路说 顺这个路下去 五十米

然后那个男生重复了一下 欧文说 Yes 后来我和欧文说 刚才那个男生重复的好像是 是不是 往下走十五分钟 然后你说是 >< 我俩对视了一下 他开玩笑说 好了 又少了个对手

欧文考试的地方在莫纳什大学对面 是一个赛马场的场地 很空旷 他们入场之后我在外面 看起小说 有个男生在外面等他女朋友 他坐在离我两个桌子的位置玩 iPhone 大概过了一个小时 他开始趴桌子上睡觉 我估计他的手机没电了 开始看 吉本芭娜娜的《厨房》 是非常舒服的小说 读起来 酣畅淋漓 她说 生命就是一个疗伤的过程 明明和 生命是不断受伤的过程 说的是一回事 可是听起来 却充满希望

后来索性光了脚丫 跑到草地上读 太阳照在身上 有液体一样的真实的

触感 读到"我"在寒冬的夜里 给绝望中的男主角送 "最好吃的 猪排饭"的时候 看得很感动 鼻子抽搐 可是怎么都哭不出来

一口气把小说读完以后 很想 喊 就那样 "啊啊啊啊啊……"地放肆地大喊 思路很清晰 胸口有悲愤的力量 可是却怎么也喊不出来 然后 开始思考绘本的事

和 echo 一起在创作的绘本叫《这些 都是你给我的爱》 开始创作的时候 本来想给 爱 下一个定义 可是真正动笔以后 却发现动不动就走到死胡同里 自己也难以说服自己

冷静地思考一下自己曾经的恋情 发现都不是完完整整 顺顺利利 其中缘由不乏我的任性骄傲和轻浮无知 唯一觉得可以安慰的 就是每次恋爱的时候 都是全心全意投入 没有半点儿虚假

这种慰藉很难解释清楚 好像一个四处旅行的收藏家 一边旅行 一边收集令自己心仪的物品 一路下来 我的这些收藏品 样样都不精美

有的是一时兴起 买到的高价赝品

有的本来是绝世珍品 可是因为我自己不知道或者即使我知道 后来却没有像想得到它的时候那样珍惜 所以就在旅途中 渐渐损耗变成了平常货

还有的 好像便利店发票 或者飞机登机卡 这种旅行中的必然产物 本来不想收藏 可是它们却时不时地出现在 裤兜 书包 钱夹里 留着没用 又舍不得扔掉

这些收藏品 它们都装在我的背包里 我的背包又总是不满 有的时候 这些收藏也不会很沉 所以往往 寂寞的时候 觉得没有出路的时候 就又带上它们开始一个人的旅程

有的时候遇到非常非常厉害的收藏家 或者旅途中发现 人满为患的著名博物馆 都会被那些收藏震撼得一动不动 感动得深呼吸又叹为观止 这些

让我感动和惊叹的收藏 往往都被细心保管 认真记载分析 它们是无价之宝 并非所有人都能拥有 每次看到这些的时候 都觉得很失落 觉得 自己什么都 不是 根本算不上一个收藏家

这些收藏品 就好像是 "爱"

博物馆里的那些令人向往的收藏品 它们都是 书本里的 电影里的 别 人的

至于我的那些 "收藏品" 它们有的时候会变得很沉 于是我不得不停 下脚步 凝视它们 每每这个时候 我和我的收藏品 我们都相形见绌 可是每 当我把它们擦拭 分类的时候 总觉得 身上好像胃的那个部分被温暖了

嗯 会不会有一天 我也变成像别人那样 令人羡慕的收藏家呢 说不定 就 找到了出路 说不定有一天 能把背包放下 但是 这些收藏品 它们都是你给 我的爱 它们都是我的 我的 是它们一直给我力量 让我坚强 陪我走过一个 又一个寂寞的旅程……

后来 不知道什么时候 一个人在草地上睡着了 考试铃声响起的时候 我 醒来 欧文走出来 我问他难么 他说不懂的都选 B 了 他问我写得怎么样 我 想了下 答不上来 他说 去吃点儿好的吧 饿死了 我拍了拍屁股 站起来 说 Let's go.

2010/2/11 『三年没在家过春节了』

威廉给我的 十年前的 胶片相机 出片了 效果非常好 等我找个扫描仪 扫上来

嗯 还有什么呢 新家不是很喜欢 吃东西很方便 但是 不像个家 晚上起 来 去喝水 菜板上有蟑螂

上厕所 面盆边有蟑螂 地毯上 也有……

我一直觉得 F 区 就像 纽约的布鲁克林 现在 我觉得 根本就是 布鲁克林郊区 哭哭

还好 我不怕蟑螂 如果有老鼠的话 我就垮了 不过 蟑螂也不卫生 看看 买点儿药 弄弄

大家是不是 都开始准备过年了 今天下午那那 Zell 还有迪迪过来 我们去买年货

估计也就是 速冻水饺 糖 开心果 那些东西 看看 有没有灯笼

不确定 还会不会更新
先给大家 拜个早年

祝大家 在新的一年里 虎虎生威
祝我自己 在新的一年里 虎背熊腰

这样

2010/2/13 『几次真的 想让自己醉』
昨天晚上 翻出来很久以前的 *Make Me A Supermodel* 第一季 一鼓作气 看了通宵

很喜欢 Ronnie

我看到 最后一集 制作方安排家人探访的时候 其他模特来的都是 男女朋友

作为 gay 的 Ronnie 的妈妈 来看他

她妈妈看他的眼神 让我觉得

如果 你是 gay 的话 从某种程度上说 妈妈就是你的女朋友

也许对 gay 来说 有个善良的妈妈 比有一张漂亮的脸 要更幸福

2010/2/14 『是非 对错 abcd』

选喜欢的人 好像是做选择题 对了就会加分 错了就扣分 你要对你的选择负责

如果是扣分 不要责怪题意不清 或者是选项中潜在的圈套 毕竟答案是你自己选的 苦乐也是你自己享用

希望我们 心脏很强 胆子很大 好好恋爱 荒唐放纵 最后找到真爱

2010/2/22 『你的衣裳 今天我在穿』

这一天 我遇到了你 忘记了那天干吗要喝那么多酒 一边喝酒一边和那那讲电话 后来你问我 你醉了吧 我说 没有 你说 你醉了 来 我送你回家

坐在你的车里 忘记了 什么时候睡着了

2010/2/23 『txt message』

"Hey boy. I went for lunch and missed your call. I am wearing your jacket as well. It has your smell. Your kiss mark is still on my neck, I take it every where."

2010/3/5 『脚入大地 发飘星辰』
不知道是不是因为 不够成熟
喜欢一个人的时候 很轻易地就把自己弄丢了
想方设法 变成对方喜欢的样子

我在想 故事快要结束的时候 书生 惊慌失措 高呼 "啊，妖怪！" 的
时候
画皮 是不是内心一阵 酸楚

好在 故事还没结束 故事才刚刚开始

蓝色的眼睛 金黄的头发软软的 眼神明亮 孩子气 我怎么舍得对你生气
（有的豆友说 之前傻过 把自己弄丢了 后来变得聪明了 再也弄不丢
了……看到这句的时候 就觉得 也许能 偶尔把自己弄丢了 也不错）

和喜欢的人约定好 睡觉前通电话 于是也不敢上 MSN 怕见到还要聊天
明明说好 通电话的
也不敢带夜 怕错过 刨除时差以后 那个 "睡觉前" 的 通常意义上的
时间
恋爱中的人 真可爱

2010/3/13 『忘记名字的秘密海岸』
你周六休息 问我喜不喜欢 荒郊野外 森林海滩 我说喜欢啊 你说 great
说 你知道一个秘密的海滩 你和其他一些女朋友 偶尔会去 你说我一定会
喜欢

我们在你家附近的加油站 买了两桶水 然后把帕萨特加满油之后就出发了 你说你上次来这里 已经是 很久以前了 而且还是别人开车 你不确定能否找到 我们开了将近三个小时 在森林里 路边一个非常不起眼的停车场停下来 你骄傲地说 看 我找到了 I am so good. 我笑

我们沿着林间小路走了将近一个小时 我在前面 你在后面 转过一个拐角 忽然看到那个海滩 我从来 没有见过这样的海滩 完全是 小时候家里挂历上才会出现的风景 这片海滩三面环山 而且一个人也没有 我俩呼喊着往海边跑 觉得这一天的辛苦都值了 发现我没带泳裤 顾不上那么多 干脆脱光往海里跑 你开始的时候 只是在岸边看我 后来忍不住也下海了 我要带着你往里面游 觉得岸边不刺激 你不干 说 You are nuts.

我自己往里面游 你就生气了 你和我说 如果我再往里 你就 再也不理我我只好乖乖地游回去 和你抱在一起 然后你就开心地笑了

后来我俩开始爬那些礁石 翻过一座小山后 发现一个天然的 岩石泳池其实那只是岩石上 一个很大很大的窟窿 涨潮的时候 海水把那个窟窿填满退潮以后就在 岩石中间 形成了一个巨大的泳池 那个泳池斑斓地变化着 绿色蓝色 四周漂浮着海草 后来我俩又跳进去游泳 有一群群的鱼在身边 游来游去

我忽然想到这个像梦境的地方不知道下次是否还有机会再来 我也不清楚 我俩以后会怎么样

回去的路上 我开始想 我喜欢的你的地方

我喜欢睡觉前 你会接一杯水放在我的床边 / 我也喜欢你的诚实和自然 / 我喜欢你教我说 穿内裤的时候 dd 要往下放 / 喜欢你知道哪里有好吃的东西 也知道要点什么酒 / 我也喜欢你把我介绍给你家里人 / 喜欢你在夜里 不看电视不上网 只是蜷在沙发上 安静地看书 / 我喜欢你 睡觉的时候 偶尔背对着我 然后抓住我的手绕在你的胸前

可是亲爱的 我要回家了

2010/3/22 『嗨 我要回来了』

你好 我就要飞了

还有 7 个小时 我的行李箱还没收拾好 衣服散落在厅里的地上 带不走 放到箱子里准备捐了 尽量带走的东西是 书 读者寄来的明信片 照片 本子 相机 等等

我现在脑子里 有很多东西要说 很多 很多 可是手指头 又有一些僵硬

现在是什么状态呢 醉 身上有点儿臭 嘴里有 Whiskey 残留的味道 呕吐后的味道 红酒味 雪茄味 从嗓子里 又弄出来 两粒 risotto 咬了咬 又咽了下去 晚上四点的时候 忽然睡醒 眼睛明亮 开始整理箱子 觉得有话要说 就爬上来写日志

刚刚醒来的时候 看到你发来的讯息 你说 我想你在这儿 又有一条 你说 请给我回复 否则我一晚上都不会睡 还有 不在联络簿里的陌生号码 保重 再见 之类的短信

我一直想 和一个人 一起在 federal aquare 坐着 什么也不说 至于为什么 我说不好 That's my thing I guess.

下午的时候 其实有装包 不过东西太多 不知道如何下手 后来小野来帮我 真空被子衣服 整理小东西 我说 以后没有你 我该怎么办 他说 没问题 你会很好地遵循 达尔文进化定律 我笑 前天晚上 请他出去吃饭 我最喜欢的西餐店 bistro flor 我们穿着一样的 ralph lauren 带帽子运动服 那件衣服我很喜欢 于是当初买的时候 买了白色和黑色 走的时候 我把那件白色的留给了他

那天我也喝多了 最近一直喝酒 各种喝 混着喝 我觉得脑子变慢了 我觉得也许这样好 其实我有点儿难过 多多少少能麻醉一点儿 可是喝醉了以后 还是多多少少 有点儿难过 然后就更使劲喝 小野 在一一细数我们见面的

经历 我就安静地听 然后 他说 这个饭店以后我不会带任何人来 连女朋友
也不会 这样 它就只属于你和我了 饭后 我们一起走 没有直接坐 tram 走了
三四站以后 才上车 到了 southern cross stn 的时候 他说 我觉得我们是要回
sunbury 的家的时候 我也有相同的感觉

老板娘 打电话给我 她说 亲爱的 今天有个小婚礼 我答应帮助 握急尼
亚 不能见你了 希望你喜欢我给你买的那个钱包 我明天上午再给你打电话

今天上午的时候 见了移民的律师 James Deng 没想到他把儿子也带来
了 我们一起喝了咖啡 席间闲散聊天 他问了我一些奇怪的问题 比如 金钱
和地位在人生中如何平衡 为什么我这么有自信 还有手机的问题 为什么以
后不在墨尔本开店 有些问题我不知道要如何回答 我笑说 我的自信来自我
的无知

James 说 他第一次见到我就很喜欢我 手里接了这么多 cases 只是对我
印象最深 而且我的 case 也最用心 他说你很特别 不光是我 公司里其他那
些小姑娘也很喜欢你 你将来一定会成功的 我有些不好意思 我说 你把我说
得太好了 后来 像大人一样 装模作样 和他儿子说 你要好好学习 将来 如果
回国的话 不论是玩 或者工作都可以来找我

后来 见了 Lynn 和她朋友 她帮我带一些书回大连 两个女生都很漂亮
Lynn 本来是我的一个读者 我们机缘巧合地 在墨尔本遇到两次 现在成了朋
友 我觉得她俩都像小孩子 说了一些很好笑 很小孩子的话 后来 我把东西
送到她们家 走路的时候 有时脑子一片空白 然后 也会突然想起来什么 然
后边走边笑 我希望她俩能好好照顾自己 嗯 希望来墨尔本上学的 所有留学
生 都能好好照顾自己 有所成就

晚上 去那鬼家吃火锅 墨尔本的同学 除了去悉尼或者回国的 都来了 我

和他们一起一直很开心 我不是很会照顾自己 承蒙大家关照这样的话 也因
为觉得尴尬一直没说出口 后来 因为临时决定回国 包括卖家具 房子 无奈
过年 寂寞的时候 都是他们在支持 他们是 那鬼 Zell 镝镝 小朋友 放儿 小弟
后来我们照了宝利来照片 大家热热闹闹地 跑到 pola 相机前合影 我带走了
一张 他们留了一张 贴了在了冰箱上 一群人一直把我送到 火车站 Zell 问我
你会想我们么的时候 我忽然想到 *Where the Wild Things Are* 里的那个 很安
静的 大牛人 我说 说什么傻话 必须的 送了那那一个避孕套 我说 你早点儿
把它用了吧 还给了他一套洗干净的单人床单和一条电热毯 和放儿 小朋友
抱了抱 他们暖暖的 后来我和镝镝一起坐车 他中途下车回家 我说保重 他
站起来 笑说 哎呀 够胖了 还保重 我笑 他说 你好好照顾自己 然后下车了

　　晚上九点多的时候 去了 city 比约定的时间晚了半个小时 下了火车以
后就开始跑 当你爱一个人的时候 你就会 控制不住地 为了他跑 你在 crown
NOBU 饭店前等我 在喝啤酒 我说我来晚了 你笑 前几天 我和你家里人一起
吃饭喝酒 你说 后来你妈妈给你发了短信 我说我要看 你想了想 把手机递
给我 "I had a great time yesterday. I wish Anthony can be my son in law." 我看
了以后 一路上都控制不住笑

　　后来我们在 city 里走 我电话去 sofitel 他们的厨房马上关门 你问我要去
哪里 我说 一个我们没去过的地方 不要人很多 也不要人很少 不要便宜 然
后我俩用 Google map 去了 Coda 结果那里也人满 后来 我带你去了 Hyatt 我
们在那里吃了东西 喝了一些酒 每次我问接下来 要干什么的时候 你总会问
我 你想干什么

　　后来 我们走路去 711 买了雪茄 又去 bottle shop 买了 Whiskey 在 collin
street 走 在 HERMES 和 Emporio Armani 门前接吻 我说你看我们被 阿玛尼
先生见证了 有天我们会穿 他们的西装结婚 你笑

　　后来 我们就去 fed sq 坐着 开始下雨 我俩凑到一起 抽雪茄 雪茄很好抽

又很不好抽 我们那么坐着 没说什么话 后来我躺下来 上面横错交叉的线上的灯 像星星 你说你考虑开始办理护照 我说好 上海见 你笑

后来太醉了 把你送上出租 我上了另一辆出租 开到 SC stn 的时候 我和司机说停车 跑下车 捧着垃圾桶 就开始吐

回到家 看到沙发上 放着 小野的运动包 估计他担心我明天超重 陪我去机场的时候 如果 check in 有问题 帮我带一些东西回来 我去他房间 爬上他的床 他问 喝多了 我说 嗯 他问 你还好吧 我说 嗯 他问 东西还来得及 收拾么 我说 嗯 我抱了抱他 然后 又去厕所吐 后来回房间睡 刚刚起来 写了这篇日记 刚才胖子 起来上厕所 发现 我还没睡 进来问我 收拾好了么 胖子光着腚 我上去抱他 他亲了我 和他说 给你添麻烦了 他说没事啊 他说 明天走的时候叫他

2006 年 3 月 11 日 来澳洲 来的时候怕超重 箱子里放的是被子床单 电饭煲 字典 父母朋友的祝福……
2010 年 3 月 22 日 回中国 走的时候怕箱子超重 箱子里放的是照片 相机 书 菜单刀 和梦一般的记忆

你好 我就要飞了 我一点儿也不酷 也不特别 所以我不会说很酷的话 只想说
请不要忘记我
Hug goodbye and see you soon.

2010/4/5 『又见 上野公园』
周四 去涉谷 我在想 那天我是 穿得多奇怪 连涉谷这些见过大世面的人

也用那种眼神看我

周五的时候 选错了路线 于是在雨天 从樱花盛开的东京 跑到 冰雪覆盖的秋田 往返六个小时的车程 只为了 一个小时的热水澡 一直在心里默念 千金散尽还复来

周六周日两天 和瑞上 rickard 日本 misu 以及很多很多朋友们 去公园赏樱 我的英文可能有所退步 沟通困难 樱花有点儿看够了

今天跑到 大阪 天气变晴 看到什么 都想买来吃 又总吃不饱 朋友问我说 一年不见 怎么变饭桶了 我说我 长身体 去奈良 拜了拜 那里的鹿 绝对是见过世面的鹿 绝对阅人无数 看你一眼就知道 你是有东西吃的 没有东西吃 假装有东西的 只是路人匆匆跑过的 只是路人匆匆跑来合影的……

去了奈良的寺 寺里有一尊很大很大的佛 面目严肃但又和善 寺庙里有一个大柱子 下面有个洞 很多大人带着小孩从那里钻过去 说是会有好运 其实我也想钻 一看都是小孩子就放弃了

晚上八点 朋友带我去了一个非常正宗的拉面馆 好吃到飞起 后来我俩回家 十一点多的时候 我说 我又饿了 我们再回去吃一次拉面吧 朋友开玩笑说 你是猪么

最近 早睡早起

2010/4/8 『在地球这端 一人旅行』

昨天晚上 在贵船神社 附近的鞍马寺边的温泉旅馆过夜 check in 的时候 被告知是把头的一间 当时我就心里一丝不爽 因为把头的房间最容易 有稀奇古怪的东西 而我又是 那种敏感体质

贵船神社 我上次来日本的时候 就来过一次 因为那个温泉真的是太爽了 这次做足了功课 又来啦 还准备过夜

相传 女神玉依姬乘坐着黄色的船只出现在大阪湾 她告知人们 在这艘船停的地方兴建神殿 供奉当地的神 就会土地富饶 船从淀川向鸭川逆流而上 停在了有水源的地方 贵船山

贵船神社祭拜的是和水有关的神 这里有个结社 非常有名 是求姻缘的地方 相传 和泉式部被第二任丈夫藤原保昌抛弃后到贵船参拜 最后终于重归于好

这个地方 因而得名

但是结社最著名的 是爱的诅咒 相传 从前有个富家小姐 她男友和别的女的好了 她就来这里跪求 要变成厉鬼 惩罚那一对男女 于是贵船明神示之曰:"若想生成鬼,当更装易服,于宇治河浅濑浸泡 37 日。"此女闻示大喜 遂面涂朱砂 身涂丹砂 披发跣足 头戴铁圈 口衔松明 顺大和路一路南下而去 后来终于生成厉鬼 杀死了自己忌妒的女人和抛弃自己的男人

还有一个女的 她出于忌妒而到贵船神社诅咒负心汉及其情妇 并以自己出家为代价将两人诅咒致死

还有一个女的 她丈夫开始清贫 他们结婚以后因为她持家有道 一点点过上了好日子 后来 丈夫认识了有钱人家的小姐 入赘豪门 把她甩了 她就跑到贵船神社祷告 让那个男的求生不得求死不能 乞讨于街市 祷告一百天后 神明出现在她梦里说 你丈夫的命 超好的 怎么可能让你如愿以偿呢 说你还是让我慢慢来吧

结果 丈夫入赘的豪门的小姐的爸爸 官场失意 最后出家了 于是 丈夫一点点地落魄了 乞讨于寺院之前 妻子听说了 有一天就带饭菜去探望 看到的时候 不由得心酸 于是夫妇二人 相拥而泣 重归于好

…………

后来 我就去那个 温泉旅店住 想说 第二天爬 1500 米的山路从鞍马寺
到 贵船神社 然后再坐小火车回来

晚上的时候 去洗了露天温泉 因为是偏僻到不行的小村 晚上就我一个
人 泡在露天温泉里 乌云不见 隐隐约约看到星星 樱花已经绽放过 风过的
时候 散散飘落 我泡一会儿就上来躺一会儿 又泡 对我这种 裸体 holic 来说
能在天地间这样 真是爽翻了
晚上回到房间就觉得不对劲儿 明明空调开的 30 度 还是一阵阴冷 躺下
来以后 睡得不踏实 隐隐觉得 干燥机放在厅里 可是明明睡觉前 已经放回
柜子里了 于是起来开灯看 发现那里没东西 又躺下去以后 听到流水的声音
一滴一滴的 想说可能是外面的溪水 又继续躺着 感觉 窗户外面有女人的影
子飘过……起来把所有的灯都打开 拿出来 jim beam 喝了一大口 后来也困
了 就睡着了
做了好多奇怪的梦 记不住了 好像是说 店里的 这些女阿姨服务员都是
一种大鸟的妖怪 要吃我 我就一直跑……半夜 噩梦弄醒 看了下表 才三点
心里叫苦 怎么还不天亮啊 打开空调 又睡 空调也不热 就这样 折腾到天亮
才真正睡得舒坦 可是早上八点半 阿姨又电话过来说 让我去吃早饭

两个小时的山路 终于来到结社 跪了下去 磕了头 许了愿望 希望我和你
能走到最后
现在回来朋友家 晚上 去吃个拉面 明天回上海啦

2010/4/12 『新宿御苑 樱花节』
以前我觉得 人死了就是死了 没了

现在 我希望 人死了以后还有点儿什么

我想以 那种形态去未来等你

2010/4/13 『 嘿哟 嘿哟 哦耶 哦耶哟 』

生日已经过去了 收到很多祝福 心里在想 从今以后要朝萌大叔那个方向发展了 不过萌大叔要有一颗少年的心 才会萌 回来以后 就 开始和公司里面的男生一起合住 小西 庆庆 李安 Kim 过去的那天 早上下着雨 其实我从墨尔本回来 心里还是很不踏实的 因为 毕竟出国很久了 听说出国久了回来就不适应了 加上 找工作 找房子什么的

幸亏公司在上海 回来以前 我就觉得公司那边会照应我 结果大家的帮忙 远比我想象的 多得多 非常非常地感动

比如 晚上我和 Kim 睡一张床 他特地给我拿了个新的被子 还给我准备了毛巾 早上 我们一起去买 非常好吃的芭比包子 去公司吃

庆庆 带我 弄了公车卡 手机卡 银行卡 非常地体贴

我的衣服 都挂在小西和李安的房间 还一直在用李安的拖鞋 小西给我的牙刷

公司里也非常有意思 热乎乎的 大家都很逗 追跑打闹的 组团午饭 组团奶茶

后来 急匆匆地去了日本一周 从日本回来的晚上 是十点多 因为 那时候我还没有手机 只是前一天晚上告诉小西他们 第二天晚上回去 结果打车到他们家的时候 看到 庆庆 刀刀 Kim 在楼下等我 当时天寒地冻的 我问你们怎么在这里等 他们说 现在设了门禁 怕你进不来 你又没手机

生日那天晚上 我和小四两个人 吃了豆捞 后来 我们冒着小雨去了外滩溜达 当时看着四周繁华的高层建筑 心想 我和那些 去纽约寻梦的人 一样

我是来上海寻梦的 但愿能实现梦想

2010/4/23 『看不出来 我的无奈』
因为 找工作不顺 所以最近还是很闲的 还好租的房子舒服 在家待着也挺开心 加上 新书卖得好 压力不会那么大 周末和下周三 还有两个面试 如果 还拿不到 就降低标准吧 毕竟自己是个菜鸟 却想当 奢侈牌子 酒店经理 不太 make sense 嘿嘿 拿不到的话 就申请见习经理

房子真的是 太舒服了 想把 签名改成 来我家吧
开始收拾东西 四五百张宝利来 看着看着 就要哭了 真 ><

我在想 是不是每个人肩上都有一副 无形的担子 当你很小的时候 那副担子也很小 所以 像考试不及格 或者 作业多 这样的小事也会烦心 或者觉得好像世界末日一样
大部分人 随着年纪变大 身上的担子 也变强壮了 能担负起更多的事 埋怨啊 不安啊 失落啊 这些东西 不是说不痛了 不难过了 只是担子大了就能装下了 然后就默默地挑着走
有些人 很粗心 或者说性格好 尽管他的担子不大 但是每次要放进去新的东西的时候 旧的烦恼就会被取代 所以也不会太劳累
有些人 很认真 担子里的东西一直积累 本来 有些要掉出来的东西 他甚至还 扶一下 于是担子有天 咔嚓一下断成两截了 人也垮了
有些人 把担子的筐穿了个洞 于是显得一身轻松 脚步轻盈 可是 人生总是要装些什么的吧 只要你还正常 总有一天会为了 两手空空而失落吧
还有些人 吃了 开心的药丸 醉酒的药丸 帮助麻木的药丸 当时可能感觉很好 可是过了药劲儿 担子就变得更累了

　　我的身上也有这么一个担子 随着我去过的地方的距离 遇到的人的数目 经历过的事 它也一点点 变得更结实了 可是 我又觉得 担子结实了 也不代表要背负更多

　　没人的时候 就把担子放下来休息一下 擦擦汗 喝点儿水 看看沿途风光 等准备好了 就又可以上路了

2010/5/5 『《千与千寻》』

千寻

0.

　　很早之前 看的谈话节目 大家都在讨论 那些能让自己流下眼泪的事 这时候 蔡康永说 宫崎骏的动画 能让我哭的是 《千与千寻》

　　他说 小女孩抱着白龙 在天上飞的时候 她说 我想不起来你叫什么名字了 你的名字叫 琥珀川早贱主 然后小白的鳞片全部飞掉 然后两个人 一起坠落下去 然后就……这时候 他就哭了起来

　　大家连忙 闹趣 他却认真地 继续说 他忘记他的名字很久了……他找不到 自己的身份 那么久 结果终于知道自己是谁了 这不是很感人么

　　当时 我也没觉得多感人 也不知道 为什么要哭

1.

一个月的时间内

在墨尔本城市里自己租的高层里醒来

在胖子和小野合租的越南市场附近的公寓醒来

在城市那头 穿过公园的 Thomas 家的平房醒来

在那鬼家 临时的席梦思床垫子上醒来

在靠近海边 有热闹酒吧的旅馆醒来

在上海 小跳家展览馆的阁楼上醒来
在静安区公司附近 小西他们 家 Kim 的床上醒来
在大连 感觉陌生的自己的房间床上醒来

在日本 新宿西班牙男生 Carlos 的房间醒来
在同学家 拥挤日式住宅的上铺醒来
在贵船神社 温泉旅馆的榻榻米上醒来

常常起来以后 光着身子坐在那里 也不知道自己是在哪个国家 哪个城市 在干些什么事情

2.

在墨尔本四五年 一点点地 不经意地 发生着 翻天覆地的变化 从刷碗的一点点变成实习厨师 后来 成了大厨 如果是五十个人以下的宴会 老板娘就让我自己 挑大梁 而且不光是厨房 销售的企划 宴庭的布置 婚礼的流程这些 管理层的事情她也会 让我参加

朋友也变得多了起来 世界各地 各个层次的 每一个人 都有自己的特点 都很善良 所以 寂寞的时候会有人陪 难过的时候 有人安慰 快乐的时候有人分享 我的口语也一点点变好 知道和什么样的人要说怎样的话才能聊得起来 说话的时候 更像老外那样会用目光交流 吃饭以后会习惯给小费 从开始走路 坐公共汽车 骑自行车 到后来 买了第一辆 破车 到后来 买了第一辆进口车 后来 即使半夜三更 有了 GPS 想去哪里 就去哪里

后来选了厨师专业 然后工作了半年 又去上了大学 因为 完成了 之前部

分的商务课程 本来四年的大学课程 变成了 两年 于是 轻松地上了一年大学 又在官邸实习了半年 这样 学士学位也拿到了 这时候 我之前的同学们 有一些 已经大学毕业回国了 有一些在读研究生 有一些 大学一直挂科还没毕业 因为 绿卡的申请递上去了 马上就要到了 抉择是留在澳洲还是回国的问题 加上 还有 半年实习 所以 决定 回国工作一阵子 看看

走的时候 老板娘在 sunbury 给我 摆了 送别 party 我们官邸所有的员工都来了 洗碗的阿姨 清扫的叔叔姐姐 服务员的那些女生 经理和我的大厨大家一起 吃了很多东西 喝了很多酒 我要了一个大号的 pizza 又要了一个主餐的意大利面 难过的时候 就能吃很多 所有人都过来 和我拥抱 过来问我 回去以后干吗 以后还回来么 喝到尽兴的时候 老板娘 让大家都静下来她拿出一个礼盒给我 她把我 抱在怀里 和大家说 我爱安东尼 我总能记得第一天见他的时候 那天下雨 他骑个自行车 戴个头盔 来敲门 问有没有工作 当时我觉得他连英文都说不顺 就说 没有工作 让他圣诞的时候再来 结果 过几天 他又骑着自行车 来敲门 我就想 要给他一个机会……说到这里老板娘就开始哭了 她抱住我 亲了我的脸颊说 不管去了哪里 都不要忘了我们 我是你澳大利亚的妈妈 然后她把那个礼物给我 是一个 名牌护照钱夹她说 她看了我的手相 说我 会一直在路上 到处旅行 这个会很实用 说 官邸随时欢迎我回来

开始 刚来什么都不会 去哪里都要问路 又不好意思和老外交流 还是保有中国人的习惯 讲话的时候会 回避对方的目光

走的时候收拾行李 很多的英文考试卷子 菜谱 之前用的乘车票和 timetable 明信片 照片 慢慢积攒起来的家具 床 沙发 冰箱 椅子 香水和西装出版了的 自己的第一本书

然后就想起来 我是谁了

我叫亮 2003 年 春天出国 从国内带来的 大学时候穿的衣服 秋衣秋裤 云南白药的牙膏 海飞丝洗发水 电脑是中文系统 中文的小说 电褥子 甚至 拿了中国菜刀

当时 走在城市里 也不觉得自己属于这个城市 总是潜意识地 昂头挺胸 不想给中国人丢脸 想要把灵魂挂起来

也会迷惑 所有的东西都很贵 担心家里给自己拿了那么多钱 把自己送 到大洋彼岸 会不会 那些用差价换来的澳币打了水漂 也会担心 自己换专业 是不是不是明智的选择 说不定 毕业以后 我的朋友都成了高级白领拿了绿 卡 结果我还是小饭店里的厨师 工资刚好够交房租

最后的那个晚上在你那里睡 早上起来穿衣服的时候 你还在睡着 收拾 好了以后 我说 好了我要走了 可是你忽然拽住了我 你说 Stay 像你这么散漫 的人 会这样用力地抓住我不放 让我有点儿吃惊 我开玩笑说 我是 E.T 吗 结 果你却没有笑 把我使劲地抱住 然后我们就那样静静地 静静地抱了很久 其 实 我知道当时我们的心里 也像 外星人 E.T 那样 哽咽不停地 说了 Ouch

3.

大概十二个小时的飞行 飞机抵达浦东机场 这些年经历了这么多 已经 没有什么期许和兴奋

从机场打车去小跳家 把行李放好以后 他便带我出去吃饭 半夜十一点 我们在路边喝粥 吃包子 旁边的人说话的声音 电视的声音 道路上车子 刹 车又启动的声音 混合着空气 让 我回家了 的这种感觉变得真实起来 中国 这两个字的意义 就这样 温暖地 将我包容了

第二天早上 一早从小跳家离开去小西他们家 早上开始下雨 起来坐在

房间里看书 林夕的《原来你非不快乐》小跳说 那是他采访林夕的时候 林夕送给他的 而且 还有签名 我说 嗯 写得很好的 我很爱林夕 然后小跳 想了想说 那送给你好了 我说 好啊 那我也送你一个东西 于是 翻开包 说 你随便选 结果 他选了 我实习时候的 印着 Anthony 的铭牌 我说 你要这个干吗 他说 哪天天气好了 我就戴着这个出去 做一天的你

我 >< 我说 你们文艺界的人 好别扭哦 他说 你自己不也是很文艺 我说 我哪有 我明明是个杀猪的

到小西家的时候 是八点半 天空灰暗 在门外就看到 小西和李安在刷牙 刀刀大喊一声 安东尼来啦 大家都很热情 我把包放起来以后 就和他们一起去了最世 路上 Kim 带我 去芭比馒头 买了包子 我觉得自己已经四五年没吃到这么好吃的包子了 公司里一个个同事开始上班 和他们打招呼 大家拿着新出版的《这些都是你给我的爱》让我签名 很亲切的样子 李安和小西的工作区也贴着 新书的海报 小四下午来上班 晚上请我们出去吃饭

接下来几天 我开始找工作 我的编辑小青开始帮我找房子 小四给了很大帮助 他不忙的时候 就把车借给我们看房子 晚上回公司的时候 小四和我说 新书三月在全国销量排行第十五名 他说 非常厉害 别忘了 你15号才上市的

小西一家 关照得无微不至 庆庆带我去办理了手机卡 银行卡 Kim 给我准备了新的毛巾 而且因为我要和他挤一张床睡 他把床罩也换了 有的时候我们躺下了 都睡不着 就开始聊天 他讲讲他家里的事 我讲讲国外的生活 讲着讲着就睡着了

生日那天 小西加班 我和小四两个人 去吃豆捞 我说哇 小四陪我过生日 吃了以后我们去外滩溜达 当天晚上 还是有点儿冷 他穿着卫衣 把胳膊抱在

胸前 外滩上还是有很多游客 天南地北的口音 小四指着对面的楼 问我 上次你来的时候 那边已经那样子了么 我指着对面的花坛说 上次来上海 你给我在这里照的相 我们站在 黄浦江边上 看着对面的建筑群 一切都像梦一样 上海好像 一个体格健壮的青年 夹杂着身上的不平衡 昂首阔步地往前走

又是一阵风吹过 空气中弥漫着江水的味道 然后我就想起来了

那时候我还没有开始写东西 我是一个 普普通通的大学生 我和小四 阿亮 痕痕是朋友 当时 我在沈阳 晚上五点的时候 天就黑了 我坐着公交车从大学城到火车站买票 鞋子里都是湿的 脚已经冻僵了 拿到票以后 我给他发消息说 我去了会不会给你们添麻烦 再说 我身上也没那么多钱 小四回复说 没事 你能来就行 其他的不用担心

那是第一次来上海 小四就带着我逛了外滩 还有南京路 晚上的时候 在小区门口买了河蟹 痕痕在厨房煮 然后 大家围成一圈在厅里吃

我想起来
出国以后 小四问我 你要不要 给我们新出版的杂志写东西 我说 好啊

我想起来 小四偶尔和我说的 安东尼 你红了 读者们热情地回复和评论 第一次看到自己的书在 图书馆里的时候的心情 每一次 安静下来 在电脑前写下心里 点滴的开心 难过 失落和恍然大悟的时刻 它们就那样 无声无息地在过往里存在着

小四说 他要出散文集 我说 太好了 我最喜欢你写的散文了 你应该多写散文 然后他忽然 看着我 很认真地说 小说写多了 就不爱写散文了 你会开始习惯讲别人的故事 那些藏在心里的东西 不会想拿出来 一五一十地和大家分享了 他说这句话的时候 我有一点儿难过

4.

接着就 飞到了日本 飞机降落在东京机场 我在航站楼办理了 手机租赁业务 给 Carlos 发了邮件 他立刻就给我回复了 信息里 很详细地说了 怎么坐车 在哪里见面

晚上 我们在东京涩谷的人群里穿梭 找一家有名的咖喱店 第二天他上班 我 坐新干线 北上去了 秋田 一路上 路边 常常出现 漫山的樱花 过了仙台 就开始一点点变冷 远处出现高大的雪山 快到秋田的时候 外面已经成了雪的世界

坐在那个十平方米的露天温泉里 脑子又空白了 从一边抓来 一捧雪 放进水里 化了 又抓来 放到温泉里 手心里什么都留不下 除了冰冷的温度

后来去了 瑞士的 Rickard 家 她和男友一起住 周末的时候 正好赶上一年一度的 哈纳米的节日 Rickard 告诉我 今天公园里会人山人海 她的很多朋友也会去 她说 她的男友 Yoshi 是个演员 周末的时候他去养老院当义工 说他曾经出演过 日本版的 《小王子》话剧 我说 是么 我写过一个童话 刚刚出版的 很像《小王子》的感觉 Rickard 问我 是怎么样的故事 我说 其中有一个故事是 bunny boy 和狐狸在森林里走 狐狸要和 bunny boy 做朋友 结果 bunny boy 没有答应 因为他怕失去狐狸 之前和他做朋友的人 一个个的都离开了 后来他俩继续往前走 直到有一天狐狸不见了 bunny boy 很难过 richard 听了以后 说 我喜欢这个故事

我们把垫子铺好 坐在樱花树下 朋友们三三两两地 带着吃的喝的过来 我和加拿大的 Mike 聊天 他说 你会不会觉得 走得太远了 也不知道 自己到底属于哪里了 在日本的时候 我觉得我是老外 是异客 可是 现在我回到 加拿大 也觉得不适应 I feel lost sometimes. 风过的时候 有樱花花瓣在我们之

间落下 听到他这么说 我忽然觉得悲哀 感觉自己也或多或少是这样的吧

最后一天 去了 东京三鹰市 下连雀的 宫崎骏动画博物馆 在茂密的树林围绕下 这个美术馆 远看像 一块经过琢磨的玉石 绿色的屋顶 使它好像是隐藏在 森林之中 馆内 路桥相连 楼台错落 青葱遍野 草木扶疏 很容易 让人想起来 宫崎骏动画里的风情

这时候 LCD 正好在 放映《千与千寻》的片段
千寻坐在白龙身上 双手抓住他的犄角 他们在天上飞 忽然之间 千寻 脑海里 有 坠落湖底的画面 忽然间 又出现鞋子被冲走的画面 白龙的身上 泛着波纹

千寻说 小白 你听着 这是我妈妈告诉我的 我已经记不清了 我小时候曾经掉落河川里 那条河已经被填了 上面建了房子 不过我现在 却想起来了那条河的名字是…… 那条河 叫作 琥珀川 你的真名是 琥珀川……

5.
忽然地 就控制不住 流下了泪来

2010/5/7 『有急事坐地铁 没钱坐地铁 有钱又有闲就打车』
不管你信不信 不求上进这种 价值观 也是遗传的

话说 我已经拿到某国际酒店的工作 在 ××××VIP 部门工作 是个三级雇员的职位 昨天去吃了一次 员工午饭 当场就想 这地方就算让我来免费打杂我也乐意啊 员工餐也太好吃了吧
有果汁 有酸奶 米饭可以选白饭和炒饭 菜也非常可口 素菜做得很美味

品种多样 晚上就打电话 给我妈说 我太爱这份工作了

今天上午 另外一个国际酒店人事部来电话说 安东尼先生 恭喜你 你被我们录取了 是 ×××××× 部门主管的职位 当时我就 jiong 了 我说谢谢你 很高兴听到这个消息 不过因为等得太久（也没多久）我已经和 ×××××× 酒店签了合同 结果那个 HR 的人说 很抱歉我们这么晚才联系你 因为五一的关系 要么我让我们 ×××× 部门总经理等下给你个电话吧

等了一会儿 总经理来电话 给我分析了 工作的前景 而且他说 薪水会比我现在的工作高 1000 元左右 我说让我想想吧 今天 给你答复 谢谢
接着 我收到了 2 号酒店 发在邮箱的邀请函和具体待遇 简介 打算做 2 号酒店的工作了

这时候 我给我妈打了个电话 结果她也没开心 她只是说 啊 太可惜了 1 号酒店吃得那么好 你就轻轻松松当服务员多好……

亲妈 哈哈哈

但是 我还是 选了 2 号 有压力 有挑战可能比较有趣

2010/5/24 『 I miss your jeep 』
报告下 我还是 留在了 hotel1 本来打算在那里工作到六月就去 2 号 hotel 报到 结果工作了 两周 就不想走了 因为我工作地方的同事都 太好了经理我也非常地喜欢 加上 员工餐……

现在工作快一个月了 我已经成了 别人嘴里的 "行政楼 特别能吃的那个新来的" 我一进食堂 就把袖子撸起来 艾达说 安东尼吃饭的时候 谁都不要打扰他 我现在工作的部门 大概有 六七个同事 一个男生 其他都是美女 人都非常地好

师傅 麦格意 比我大几岁 刚刚生了小宝宝 非常严格 不过 嘴硬心软

小师傅 艾施礼 比我小几岁 是那种傻大姐 feel 的女生 我很喜欢

经理是 戴思 开始的时候 只有她知道我有出过书 面试的时候说的 她一直问我 你能干多久 我口是心非地说 半年 前几天 她又问我 我说 等我自己开店了 把你们都撬走 戴思 露出 汗一记的表情 说我 人在曹营 心在汉

艾达 和我年纪差不多 典型的天秤座 很逗

查尔斯 是唯一的男生 很温柔 尽管我 不待见双鱼男（可能是我自己的问题） 但是他 我还是很喜欢 每次我做错什么事情 他就小心翼翼地说 嗯……你是这么弄的啊 其实应该……你看 是不是 方便很多

伊瓦留了个妹妹头 她算是领班 也挺逗的 不过她总讲上海话 我听不懂 她最近 经常和我说 你别老装无辜好不好 我说 我哪有 然后 她就 抿嘴 然后 对我意味深长地一笑 她男友是我们厨房的 小狗

每天上班都挺开心的 但是 非常地累 我很佩服我的 同事们的 敬业精神和 客服态度 因为我们主要是面对 VIP 客人的 所以 他们的能力也很强 外语也不错 如果我在上海开店 我就 把他们都弄来

我知道上班 坐几路车 可是下班回家的车我一直没有找到 在路的另外一边 顺着找 也没有找到 于是下班 我都是 走回家的

半夜 顺着外滩走 总能遇到一些 好玩的事

比如 DIOR lady 那天 走着走着 就听 保安喊 张曼玉来了 张曼玉来了

比如 每天晚上 走回去的时候 都能遇到很多 新娘

比如 有天 走到 半岛 香奈尔门口的时候 看到 一个年轻工人妈妈 推着 一些菜和包裹 外加 两个三四岁的小孩 结果 那两个小孩 一起站起来 脱了 裤子 各朝一边尿尿 旁边的保安紧张地 上来大骂 我在心里想 Good job boys.

比如 那天下雨 我一个人半夜走外白渡桥 结果 哼起《情深深雨濛濛》

比如 昨天 走着走着 外滩忽然封道 接着 就看到 国家领导人的车子 驶过

其实 在上海 我的生活挺丰富的 也有很多朋友 不过每天 聚会后 打车 回家的时候就会觉得有点儿失落

别人 问我 Do you miss melbourne? 我已经习惯了摇头 因为我觉得 既然 回国了 一个劲儿说 我想墨尔本 很没必要 我只会说 There are something I like about it.

昨天下午上班 看到路对面有个戴眼镜的男生长得很像小野 当时差点 儿 跑过去 扑倒他

Thomas 会经常写邮件 上线就开 skype 他说 我现在做两份工作了 你要 什么 我寄给你

那鬼 给我留言问 你好么 你好么 你有几个 没交的账单我帮你交了 你 好么 你好么

六月份 会很精彩 小四生日 公司去温泉旅行 小台湾来上海 我们会一起 去世博 我开始学习 check in/out yoga 演唱会 陈老师演唱会 哈

2010/5/25 『《陪安东尼度过漫长岁月》』
有朋友留言说 安东尼 你长大了

看的时候 情不自禁地在 电脑这头 认真地点头

《这些 都是你给我的爱》的创作 是一次尝试 它的初衷是 帮助 echo 完成 个心愿 让我们万万没有想到的是 短短 几个月时间 加印了 十几万 册 多少有被 shock 到 公司的人都来祝贺 在这里谢谢大家的厚爱

绘本的创作过程 有点儿力不从心 也因为时间的仓促留下很多遗憾 那 些喜欢它的人 也许我们都曾走过 或者 正在走着相同的路 所以知己知彼 找到了 感动的时刻 那些 不喜欢它的 说没有第一本好的 我也可以理解 因 为故事有一些缺点

想 好好地写 《陪安东尼度过漫长岁月》

今年会出 另外一本 《陪 2》 叫作 《橙》 现在设想的是 《陪安东尼度 过漫长岁月》 会一直写下去 几年写一本 每本的副标题 是一个 颜色 装帧 的时候 就用对应的色彩的封面 简洁设计 统一的格式

企划定下来以后 就来这里和 大家报告下
心里想 也许就这样 一本本地 就把人生整个 记录下来了 想象着 将来 书架上 一排 彩虹一样的 颜色 觉得很充实
从今以后 彼此陪伴吧

2010/6/6 『 dear Thomas 』
听过很多的故事 看过很多的恋人 也经历过一些爱情
但是 想你的时候
我就把它们都忘记了 不会拿来温习 计划 参考 警告

过去已经不在了 将来也不想考虑 只想 此时此刻 为了你任性地勇敢

2010/6/22 『在心里默默倒数 10 9 8 7 6 5 4 3 2 1~』
接下来 将近两个月的时间 要做一些从来没有做过的事
快乐兴奋的同时 又有点儿惴惴不安

绝对不是悲观的人
我应该是｛快乐 元气地活下去｝和｛如果 这样就死了 也不错｝
这两种矛盾世界观的 完美综合体
现在已经二十六岁了 可是 还是不太清楚 将来要过怎样的生活 和谁
一起
也许就是因为这样吧 所以 很期待世界末日 2012 之类 来终结
没想过要拯救地球 没想过要多有钱 要多快乐 不要不快乐 这些东西
想吃好 喝好 想好看 想我爱的人开心 爱我的人不要失望 舒舒服服地
"苟且偷生"也不错
这些心愿多多少少地 基本都实现了 所以觉得 人生够了

接下来这两个月 回猫本 和你一起住
看书 逛菜市场 做饭 一起看电影 整理《陪 2》开店的事 绘本国外出版
的事
坐热气球 喝好喝的酒 去你长大的地方
光着屁股给你做早餐 深夜去接你 然后在清冷的夜里一起回家 牵不牵
手都不是问题
看我的书 你的书 遇到感动的地方就记录下来 散播出去
也可以拜访朋友 小野 那那 师傅 欧文
在现实的世界里 也能过着理想的生活 真要感谢老天啊

可能是 认认真真地相信这个世界的

下午就要飞了 我想我已经准备好啦

See you soon.

Today it wasn't cold and that made me really happy.

天气忽然变暖 和那那去海边散步 没有缘由地异常开心

TOYOTA CITY SHOWCASE
トヨタ シティ ショウケース

有的时候会觉得
摩天轮从外面看更好看
真正坐上去以后
就感觉不过如此而已

音像店 可以租电影 买游戏 还有蓝光 搬出 Sunbury 之前 去买收纳箱
偏僻的村庄很少有人在街上走

隔壁小帅 后来他去了悉尼 然后又回墨尔本 很害羞又很温柔 他在做炸酱面

旅行中无意闯入的 疗养院 非常地安静 安静得让你觉得里面本来没有人

后来我做了 很勇敢的决定 我说 "我等你 一年为期"

坐新干线往北行 数十个小时 从春暖花开的上野 到冰雪覆盖的田池湖

奈良的鹿 悠闲而温顺 看到你手里拿着鹿饼干就会不近不远地跟着你 对你点头

在结社抽了签 很认真地拜了拜 离开后又转身走回去 跪下去 拜了拜

穿过那条奢侈品店街以后 一下子亮了起来 日光倾城的时候 我开始想你

悉尼非常有名的小店 很多名人来这里吃过 合影留念 热乎乎的牛肉派上 是绵密的青豆泥

和官邸的同事一起在 我们经常去的泰国餐厅聚餐 我很喜欢这个餐厅的老板娘 很和善

照这个照片的时候 我们刚吵过架 我们并肩走 穿过 一条条小巷 彼此什么都不说 当时我有点儿迷路 有意识地跟在你后面 看到挂在门前的玻璃球 停下来拍照 转过头的时候 发现你在对我笑 然后我们就和好了

去日本的时候 正好赶上樱花盛开 瑞典的朋友告诉我说 每年这个时候整个日本都很紧张 小心翼翼地推算 可以 周末哈娜米（赏花）的日期 那天我们围坐在樱花树下 喝了很多酒 旁边一群男生里有人醉了 吐了一地后一直道歉

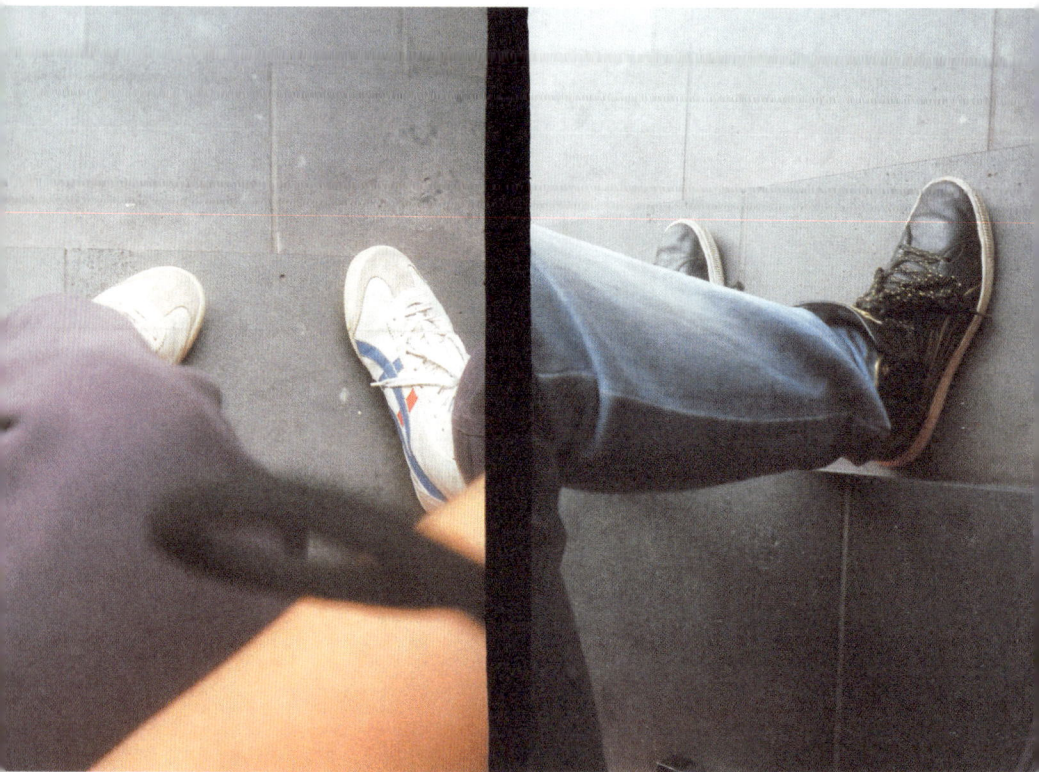

T: 我最近有点儿想你 可能因为最近特别不顺

A: 很奇怪 我都是开心的时候会更想你

这个是墨尔本市内的标志性雕塑 白天的时候 人来人往 他们在人群中一点儿也不突兀 到了晚上
偶尔坐末班车回家 路过那里 他们还是那样充满好奇 神情自若地站在那里 一点儿也不显得失落

我们最经常光顾的 Mc 经常穿个大裤衩 就和小野开车去吃双吉

很多个周末 很多个下班之后的晚上

在布满寺庙的山里独自穿行 怀着崇敬的心情 有一段路 地上满是这样显露出来的树根
有的时候森林忽然暗下来 心里也没有一丝畏惧 一心想去结社 许愿

官邸附近的 鸭子和鹅 冬天最冷的时候不知道 哪里去了 天气暖起来后陆陆续续出现
带着小崽子们一起 毫不在乎地 挡在路中间 即使着急上班 也无法开过去

圣诞的时候 电线杆子上有各种各样的装饰 Sunbury 车站 小旧但是温馨

building 10 是图书馆 不过因为这个校区人很少 大部分去这里的学生都是去打印和抄作业 离这里不远 就是被我撞成两段的路灯

从学生村到车站要经过的后山 天青蓝色 春天的时候 黄色小花开得到处都是

据说这里是 日本最繁忙的路口 穿插于人行横道的 有御宅族 上班族 有精英 也有怪咖
喜欢那个红绿灯的颜色 它们准确地控制着人潮

Footscray 这个地方很脏也很乱 不过这是我来墨尔本以后住的第一个地方 我对它有特殊的情感
有一家叫"小北方"的东北人开的饭店 便宜又好吃

在悉尼遇到这条 "最好的街" 其实是那个区最破旧的 地方

后来 每次见到你的时候就要飞 满怀期待地邂逅了 宇宙中唯一形状的云

你会追问 你怎么了 我就习惯性地笑着说没什么 其实真的没什么 我习惯把事情装
在心里 有的时候装着装着就没了

是名副其实的 传说中那种 乐观主义者 同时 又真心实意地一心意淫着 2012

照这个照片的时候 小野叫我去 马路那边 我问他 我要看哪里 他说随便 我只想照
地上 那个楼房的影子

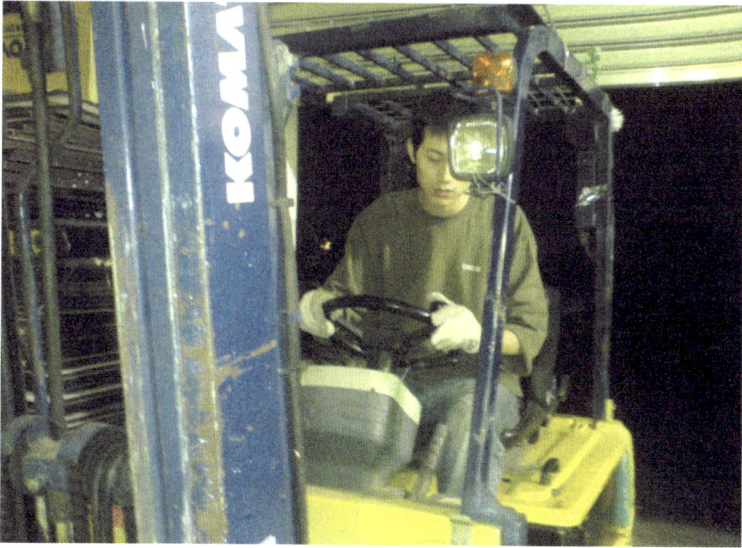

回想起来 出国以后做得最对的决定就是一直有在打工 那时候有工作做就是开心的 也不在意赚多少 似乎也不觉得苦

大洋路 十二门徒 每个来墨尔本的人 都有一
张类似的照片 和去北京和长城合照一个道
理 我里面穿的那个海鲜 T 恤后来小了 外
面伦敦雾的二手夹克 丢了

那时候住在上海 新乐路路上的弄堂里 一周三次去和教练锻炼身体 锻炼了这么多年 一直也没壮起来 上个月测 DNA 结果说 锻炼增肌明显 …… 也不知道 哪里出的错

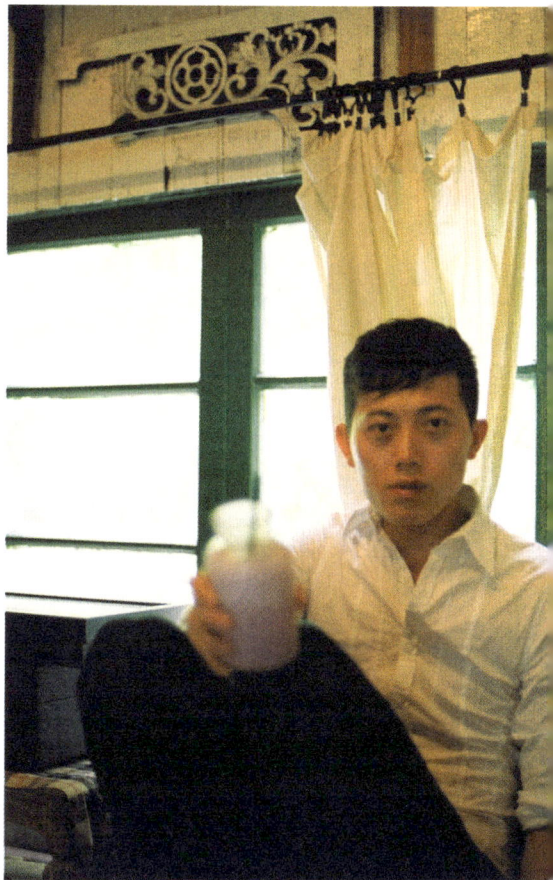

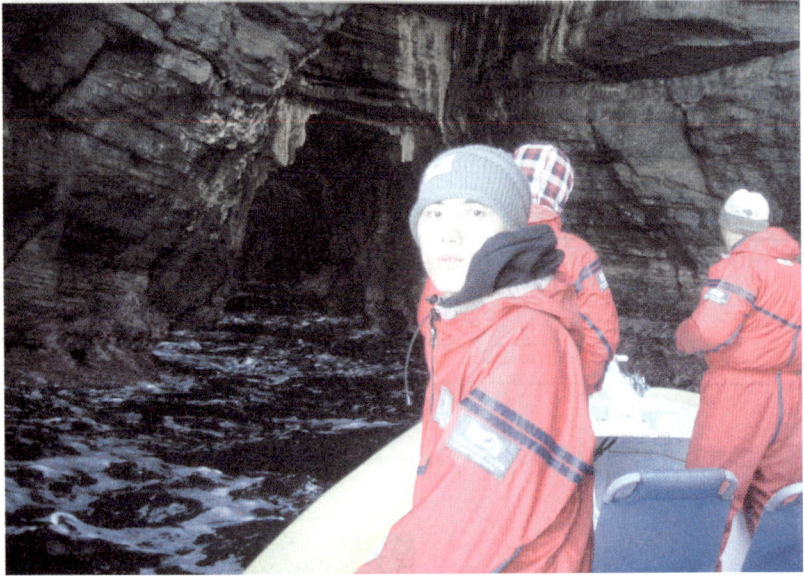

这是一次为了逃避而发起的旅行 是我去过的地球的最南端 看到了企鹅和海豹 海洋孕育生命 地壳迁移 岩石突然崛起 风与海浪不懈地雕琢 形成了环形洞口

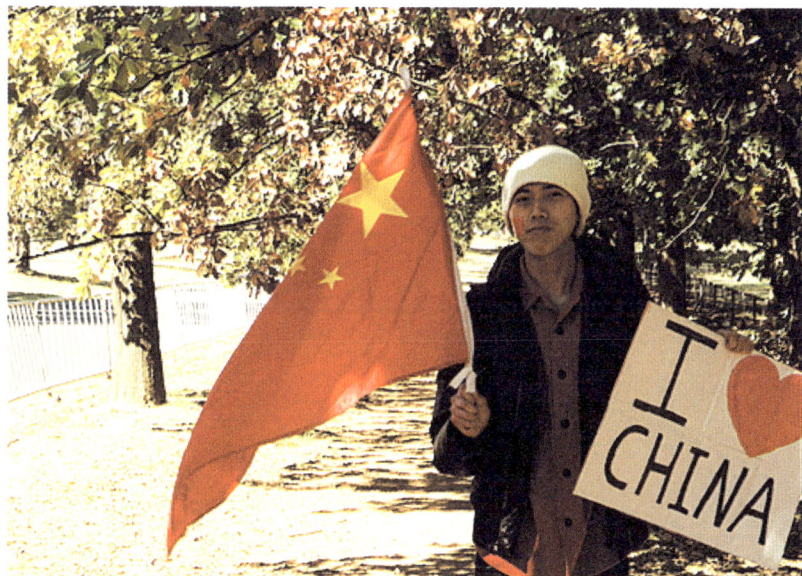

忘记那天从谁那里抢来里面这件大红色衬衣 和小野 还有其他朋友心潮澎湃地去了堪培拉 下午的时候 大家零零散散地散去了 小野给我照了这个 当时觉得 自己 非常根正苗红

出品\上海最世文化发展有限公司

官方网站\www.zuibook.com

平台支持\ 最小说 ZUI Factor

橙：陪安东尼度过漫长岁月·2

作者　安东尼

ZUI Book
CAST

出 品 人\郭敬明

项目总监\痕痕

监　　制\毛闽峰　赵萌　李娜

特约策划\卡卡　钟慧峥　杨清钰

特约编辑\卡卡　张明慧

装帧设计\ZUI Factor (zui@zuifactor.com)

设 计 师\胡小西

内页设计\Fredie.L

封面插画\echo

内页摄影\陈志野　安东尼

图书在版编目（CIP）数据

橙：陪安东尼度过漫长岁月 . 2 / 安东尼著 . — 长沙：湖南文艺出版社 , 2017.8
ISBN 978-7-5404-8226-8

Ⅰ . ①橙… Ⅱ . ①安… Ⅲ . ①散文集—中国—当代 Ⅳ . ① I267

中国版本图书馆 CIP 数据核字（2017）第 173418 号

上架建议：畅销书·散文集

CHENG: PEI ANDONGNI DUGUO MANCHANG SUIYUE. 2

橙：陪安东尼度过漫长岁月 . 2

作　　者：安东尼
出 版 人：曾赛丰
出 品 人：郭敬明
项目总监：痕　痕
责任编辑：薛　健　刘诗哲
监　　制：毛闽峰　赵　萌　李　娜
特约策划：卡　卡　钟慧峥　杨清钰
特约编辑：卡　卡　张明慧
营销编辑：杨　帆　周怡文
装帧设计：ZUI Factor（zui@zuifactor.com）
设 计 师：胡小西
封面插画：echo
内页设计：FredieL
内页摄影：陈志野　安东尼

出版发行：湖南文艺出版社（长沙市雨花区东二环一段508号 邮编：410014）
网　　址：www.hnwy.net
印　　刷：北京鹏润伟业印刷有限公司
经　　销：新华书店
开　　本：880mm × 1270mm 1/32
字　　数：194 千字
印　　张：6
版　　次：2017 年 8 月第 1 版
印　　次：2017 年 8 月第 1 次印刷
书　　号：ISBN 978-7-5404-8226-8
定　　价：38.00 元

质量监督电话：010-59096394
团购电话：010-59320018